沧浪诗话评注

（南宋）严羽 著

陈超敏 评注

北京联合出版公司
Beijing United Publishing Co.,Ltd.

图书在版编目（CIP）数据

沧浪诗话评注 /（南宋）严羽著；陈超敏评注.
—北京：北京联合出版公司，2015.7（2023.8重印）
ISBN 978-7-5502-3860-2

Ⅰ.①沧… Ⅱ.①严… ②陈… Ⅲ.①诗话－诗歌研究－中国－南宋 Ⅳ.①I207.22

中国版本图书馆CIP数据核字（2015）第138500号

沧浪诗话评注

作　　者：（南宋）严羽
评　　注：陈超敏
出 品 人：赵红仕
选题策划：梁明德　邵鹏军
责任编辑：王　巍
特约编辑：刘文硕
封面设计：格林文化
版式设计：格林文化

北京联合出版公司出版
（北京市西城区德外大街83号楼9层　100088）
三河市延风印装有限公司　新华书店经销
字数111千字　960毫米×640毫米　1/16　印张18.75
2015年9月第1版　2023年8月第3次印刷
ISBN 978-7-5502-3860-2
定价：43.00元

目录

前　　言

一

严羽的生平资料很少，《宋史》里没有他的传记，其他记载也很零碎，要了解严羽，现时较重要的文献有《全闽诗话》《福建通志》和朱霞所写的《严羽传》。他的生卒年份也不能确定，不同学者有不同的看法，考其大概，他大约生于南宋孝宗淳熙十五年（公元 1188 年）至宋宁宗庆元四年（公元 1198 年）之间，卒于宋度宗咸淳四年（公元 1268 年）之前，他是南宋晚期的人物，不过还未亲眼看到南宋的战乱与灭亡。

严羽，字仪卿，一字丹邱。他的先祖世居华阴，唐末五代时，他的远祖来到福建，在樵川莒溪上定居，这个地方是沧浪之水的出处，因而严羽自号“沧浪逋客”。严羽的个性很特别，朱霞《严羽传》说他“为人粹温中有奇气”，他有着丰富的诗学知识，喜爱与人论诗，其论往往非常独到，在戴复古《祝二严》诗中也提到他的才华与个性：

羽也天姿高，不肯事科举。风雅与骚些，历历在肺腑。
持论伤太高，与世或龃龉。长歌激古风，自立一门户。

严羽对诗歌了然于胸，“天姿高”“历历在肺腑”，这是当时的诗坛名家戴复古的看法。不过，严羽“奇气”似乎也意味着他论诗的口吻颇为激烈，“持论伤太高”即是说他的论调也许与时人不合，也许有点口气过盛，可能不被时人接受。严羽终身隐居不仕，然而，他的“隐居”并非躲在山林中不见他人。他热衷于与友人相聚论诗，与同族的严参、严仁都有诗名，时号“三严”，与上官伟长、吴梦易、黄裳、李贾等人友好，最著名的是他与江湖诗派的关系。他与戴复古的关系密切，戴复古对他非常欣赏。严羽、戴复古、王守文等曾一起论诗，这次聚会促使戴复古写下南宋诗论中十分重要的《论诗十绝》。严羽论诗主张扫除美刺、独任性灵，诗惟兴象与韵趣，以盛唐为宗，这一论说得到时人尤其是闽南一带人士的支持。

严羽的著作有诗集《沧浪吟卷》及诗论《沧浪诗话》。

二

现时《沧浪诗话》一书包含五部分，分别是诗辨、诗体、诗法、诗评、考证。现时一般认为《沧浪诗话》成书于严羽，诗话中的五部分为他亲自撰写和编定，以“辨、体、法、评、证”

这种较为完整的体系讨论诗歌，有别于一般诗话闲谈式的松散体制。然而，还有另一种说法，一些学者如张健认为《沧浪诗话》这部书是后人编定的，严羽确实写了诗辨、诗体等篇章，但应属单篇论文，诗法、诗评甚至可能不是“篇”，而是他在其他作品或论诗时的“言论”，被后人收录成篇，《沧浪诗话》这个书名也是明朝才有的。这两种说法，其意义多在于“诗话何时由松散变成体系化”上，但不影响严羽诗论的理论性。无论其真实情况如何，从明朝直至现在，《沧浪诗话》一书已包括五部分，简略介绍如下。

诗 辨

辨是申辩、辨识的意思。在文章上，中国古代的辨也是论，刘勰《文心雕龙》云“论也者，弥纶群言，而研精一理”，用以明辨是非，论说真伪。《沧浪诗话》“诗辨”论说诗歌奥义，是严羽诗论的核心部分。在这里，严羽用“以禅喻诗”的方式，提出了著名的“兴趣”说、“妙悟”说、“诗主盛唐”、“诗有别材别趣”等，他亦反观宋代诗坛弊端如“以文字为诗，以才学为诗，以议论为诗”等等，具有深刻的理论价值。

诗 体

在中国古代诗歌理论中，“诗体”一词并非单指“诗的体裁”，“体”是“体格”“体制”，是体裁也是风格。简单而言，它是“诗长得怎样”，是“诗的面貌”。要分辨和描述“诗的面貌”，有很多不同的角度，可以从时代、诗人、艺术风格、体裁等方面入手。《沧浪诗话》“诗体”部分大概有两点。一是标举诗歌风格，如“以时而论”“以人而论”，就是举出时代风格和诗人风格；二是标举体裁、格式，如“古诗律诗”“杂言”“押韵方式”“对仗方式”“杂体”等等，是诗歌物质上的排序和面貌。《沧浪诗话》“诗体”篇非常重要，它列举的时代诗风，对编写中国古代诗歌发展史有着重要的参考价值。

诗　法

诗法并非只是写诗的方式，它是“写诗的要点”，进一步而言，是“如何写出好诗”。譬如诗话中提到的“除五俗”“参活句”“注要发句”“不需多用典”“不需太贴题”等等。《沧浪诗话》“诗法”部分不如“诗辨”和“诗体”具有系统性，它是“诗话”式的，即是条目式的言论，一条与另一条之间没有系统性的联系，不过，整篇贯穿了严羽的诗学观念：诗需意象玲珑、有韵味，反对宋诗的生硬和用典过多等等。

诗　评

严羽《沧浪诗话》“诗评”部分，用现代术语来说，近于文学批评。如“诗法”一样，它也是分列条目而言，并无具体系统，其评论依据自身的思路和批评格局，即是诗需有“兴象韵趣”“言有尽而意无穷”“以汉魏晋盛唐为诗”

等等，因此，这些诗评时时会被后人反驳。读者有时同意其观点，有时不同意，这是必然之事，批评本来便是争战之地，批评家你来我往，在争持中显示各自的逻辑思路和结论，思路越多，眼界便越开阔。譬如严羽说唐诗高于宋诗，原因在于唐以诗取士，这很有道理，但在现代学者的研究下，发现这并不是最直接的原因。文学批评并不是“真理”，而是“观点”，在不同的观点中思考艺术、人生，这是一个不断开拓的疆域，大家策马奔驰，在不同的观点中找寻自我的路向，这也算是阅读文学批评的一种意义。

考 证

中国古典文献学是研究中国古典文献的源流、特点、处理原则、方法及运用的一门学科，考证是其中的一部分。文学作品经过抄写、传刻、时间流转或佚失，往往出现多种误差，比如说某诗歌错系某诗人名下，又或在一首诗中窜入另一首诗的句子，又或一首诗有两个以上的版本或伪作，或行文中有讹脱衍倒。《沧浪诗话》“考证”部分便是有关这些问题的研究，严羽通过版本对比和推理思考，期望分辨真伪。考证的方法有许多种，有从古代文献着手，有从金石碑刻着手，有版本上的对比，有内容上的考据……大抵而言，中国古代考证方法可分两类：实物考证和推理考证。实物考证是利用各种各样的实物如金石碑刻、文献、竹简布帛，以及一切可见的实物来做考证。推理考证是运用逻辑推理去断定文学作品之真伪，如诗人风格、语言行文、时代术语、避讳等等。严羽《沧浪诗话》“考证”部分，基本上也沿用这两种方法。

三

《沧浪诗话》有其特别之处，其中一点是“以禅喻诗”。“禅”是什么？“禅”是“禅那”之略称，意译是“思惟修”“静虑”，即是思维上的研习，让心和体皆处于寂静，亦即是佛教常说的“三摩地”“三昧”（意译就是“定”）。“禅”最初之意，是“禅定”，是一种修行的方法，用一些特殊的方法如打坐、数息，使人心境和身体止于一境而不散动。

佛教传入中国初期，“禅”的意义就是“禅定”。后来，在南朝梁武帝时代，达摩祖师从天竺到达中国，他的佛法讲究静坐默念，外表上一如禅定，所以他开创的宗派便被称为“禅宗”。其实，“禅宗”的重心并不是“禅定”，而是“心悟”。相传，达摩的祖师爷是释迦牟尼佛的弟子迦叶尊者。有一天，释迦牟尼佛讲道“拈花微笑”，迦叶尊者立即领悟佛理。因此，禅宗继承这个传统，不主张念经研习，而是因一些事件、行为而领悟佛理，故基本教义是“教外别传，不立文字，直指人心，见性成佛”。可以说，“禅宗”的“禅”便是因“直觉”“感性理解”而顷刻开悟，这种独特的禅义并非印度佛教的，而是在中国本土发展出来的。《沧浪诗话》“以禅喻诗”便是采取这个含义，在这个层面上，可以体会到严羽认为诗歌与禅宗直觉式的感性理解有着共通性，诗歌并不以逻辑理解，而是以直觉式的感性理解为主，透过意象如“夕阳无限好，只是以近黄昏”来感受诗意，这韵味说不清道不尽，但可以通过感受来理解。严羽以此分辨诗歌的高低好坏，并且使用很多佛门术语和比喻，来说明和评论诗歌。

然而，严羽“以禅喻诗”，只是由于禅、诗两者具有某些共通性而作出比喻，务求让读者更深入地理解诗歌的奥妙，而并非说禅和诗是相同的东西。但以禅喻诗，并非他的首创。在宋代，诗人学佛之风非常盛行，许多诗人如苏轼、赵蕃等都有“学诗如参禅”的说法。坊间也有很多类似的说法。不过，严羽将此融会贯通并成为系统性的理论，是十分高明和有见地的。

四

《沧浪诗话》的出现，自有原因，它是针对宋代诗坛流弊而作，在理解它之前，必须先理解唐宋诗歌和诗坛，才能明白它的用意。

唐诗是中国古典诗歌的高峰，出现了李白、杜甫这一对光耀千古的诗坛双璧，还有王维、孟浩然、王昌龄、白居易、韩愈、李商隐、贾岛等大诗人，还有笔走偏锋的李贺、卢仝、孟郊等等，这真是一个诗的时代！这一时期的诗歌以意象为主，感情充沛，如“无边落木萧萧下，不尽长江滚滚来”

（杜甫《登高》）、“洛阳亲友如相问，一片冰心在玉壶”（王昌龄《芙蓉楼送辛渐》）、“春蚕到死丝方尽，蜡炬成灰泪始干”（李商隐《无题》），都是千古名句。唐诗极美，美在丰盛、意象、感情，它“神来、气来、情来”，有一种说不尽的韵味。唐诗这一高峰，要攀登甚至超越它，对后继者来说，无疑极为艰难。王安石曾说：“世间好语言，已被老杜道尽。世间俗语言，已被乐天道尽。”从这句话，可以体会个中无奈。

唐有初唐、盛唐、中唐、晚唐。初唐华美雕琢，盛唐神气情兼备，中唐直白世俗，晚唐孤清绵丽。到了北宋初期，诗人学李商隐、学白居易、学贾岛，不过只能学而不能超越，唐诗式的诗歌不能更上一层楼，因此他们只能另辟蹊径。宋诗人梅尧臣、苏轼、黄庭坚等创造出新型“宋诗”——一种以清雅、平淡、老练为主要风格，兼有议论、用典、尖新语言结构为手法的诗歌——这与唐诗可算是截然相反。一时之间，人们对这样的“宋诗”趋之若鹜，以学习黄庭坚为本而开创了江西诗派。从北宋横跨南宋，好诗当然很多，但过于强调某些东西便容易走向极端。江西诗派强调诗法，尤其是用典等，因此，南宋时弊端丛生，出现了严羽所说的“以文字为诗，以才学为诗，以议论为诗”等问题。南宋诗人纷纷想办法解救，其方法是回归唐诗，向唐诗学习，又出现了“四灵派”和“江湖诗派”，它们大概是学习晚唐贾岛、姚合的诗歌风格，但成效似乎并不显著。严羽《沧浪诗话》便在这个背景之下出现，它一方面对抗宋诗流弊，提倡“兴趣”“韵味”和“汉魏晋盛唐诗歌”，另一方面针对四灵与江湖派的营救不力，提倡“神气情”兼备的“盛唐诗”，因此《沧浪诗话》中多有针对宋诗、江西诗派、四灵、江湖派的语言，大有视之为敌的味道。因此，阅读时必须谨记：诗话的某些批评具有强烈的针对性。

五

严羽《沧浪诗话》是中国古代诗歌理论的重要典籍，它的理论对明清两代诗坛产生了重大影响，无论在诗歌发展史观、美学风格，还是诗歌理论等方面，都有重要的启示和发扬，尤其是明朝中叶的诗坛，甚至可以称之为“沧浪时代”。现在把它的影响略述如下，作为本书的参考。

唐诗分期

严羽《沧浪诗话》把唐诗分为五期，分别是初唐、盛唐、大历、元和、晚唐，这是一个非常卓绝的见识。他认识到唐代国力、社会特征以及时代转变对诗歌的影响，以作品的时代风格作为唐诗的分界点。明代高棅承继了他的观点，把大历、元和合并在一起，在《唐诗品汇》当中确立了著名的“四唐说”，即初唐、盛唐、中唐和晚唐。对明代而言，这一唐诗分期理论影响了有明一代的诗歌风尚，是明代诗文复古和诗宗盛唐的推手。对中国古典文学发展史而言，这仍是最优秀的唐诗分期理论之一，当代学术界仍使用此理论，以研究和撰写唐代诗歌史。

诗歌风格

严羽诗论有一种崇古的思想，“以汉魏晋盛唐为师”、诗歌在于兴象与韵趣。明代面临“台阁赞颂”与“以理入诗”两大问题，因此，在明代中叶，由严羽提出的这种崇古、复古的思想被全面推行，成为前后七子诗歌理论的重心，以求革除明代诗坛的弊端。明代中叶前七子如李梦阳、何景明等，崇尚古调，当时的诗坛领袖李梦阳说“诗至唐，古调亡矣。宋人主理不主调，于是唐调亦亡矣”，他主汉魏六朝的古调与唐调，反对宋诗，要求诗歌真情与高古，对民间非常重视。后七子如王世贞、李攀龙等创作拟古诗，以学习古诗的高处，他们高度赞扬唐诗的情多兴浓。明代诗歌复古甚至有“诗必盛唐”之说，他们对宋诗的态度也与严羽如出一辙。

诗歌理论

严羽《沧浪诗话》提出了诗歌惟在妙悟，惟在“兴趣”——兴象与韵趣的理论——他说诗歌要有“言有尽而意无穷”的韵味，那诗味不落言筌，如空中之音，相中之色，水中之月，镜中之象，说到底，他追求的是“诗意”。他强调诗歌要有那可解而不可解的特殊韵味，重点在于感情寄托于景物上，如“大漠孤烟直，长河落日圆”，在景物中飘然有诗意。这样的美学要求承传于清代王士禛，导致对清代有巨大影响的“神韵说”的出现。王士禛“神韵说”也力主诗歌“味道”，他论诗也要求一种无迹可寻的诗意，与严羽的“兴趣”一致。他非常认同严羽的理论，自道“余于古人论诗，最喜钟嵘《诗品》、严羽《诗话》、徐祯卿《谈艺录》”，并说“严羽以禅喻诗，余深契其说”。从“神韵”二字也可以看到严羽的影响，《沧浪诗话》说诗的极致在“入神”，诗歌在于“兴趣”即“韵味”，这就是“神韵”二字的注脚。然而严羽诗主盛唐，而王士禛说唐诗与宋诗兼善，这也是他们的不同点。

六

中国古典诗歌理论著作，格局较庞大而具有体系性的，有刘勰《文心雕龙》、严羽《沧浪诗话》、叶燮《原诗》等等。相对于其他著作，严羽《沧浪诗话》坐落于诗歌艺术美学之上，侧重于讨论中国古典诗歌的“艺术性”。中国古典美学由《庄子》出发，经历司空图《二十四诗品》之诗歌“滋味”“韵味”说，再结合禅学的感性理解——“悟”，凝结于《沧浪诗话》的“兴趣”“妙悟”“言有尽而意无穷”等理论体系上；另一方面，《沧浪诗话》又针砭宋诗的流弊，清晰地指出宋代诗坛的弊端，提倡回归盛唐诗歌以自救，因此，严羽《沧浪诗话》既有理论意义，又有时代价值。

《沧浪诗话》最初附见于《沧浪吟卷》后，明清两代诗人都说曾见过宋、元本，但现今皆不见，故不论。就现时来说，以明朝正德年间尹嗣忠版本为最早，又别出《说郛》《津逮秘书》二本,后来各种翻刻大都不出此三个版本。此外，还有魏庆之的《诗人玉屑》一书，它全文收录《沧浪诗话》，其先后排序和内文与以上三本有些差异。本书版本据《丛书集成初编》影印津逮本,并参考郭绍虞的《沧浪诗话校释》，补出一些津逮本没有的内文。

本书引用不少诗歌作为说明和范例，如没有特别注明，则一律使用以下版本：

汉魏晋南北朝诗——《先秦汉魏晋南北朝诗》，逯钦立辑校，中华书局。

唐诗——《全唐诗》，中华书局。

宋诗——《全宋诗》，傅璇琮等主编，北京大学出版社。

陈超敏

2012 年 3 月

诗辨

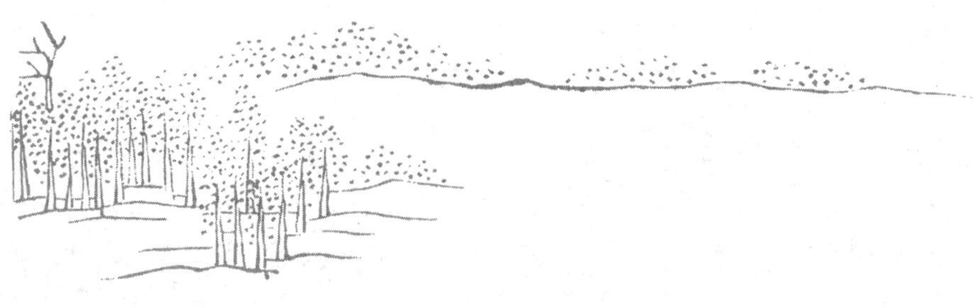

一

禅家者流[1]，乘有小大[2]，宗有南北[3]，道有邪正；学者须从最上乘，具正法眼[4]，悟第一义。若小乘禅[5]，声闻辟支果[6]，皆非正也。论诗如论禅：汉魏晋与盛唐之诗，则第一义也。大历以还之诗，则小乘禅也[7]，已落第二义矣。晚唐之诗，则声闻辟支果也。学汉魏晋与盛唐诗者，临济下也[8]。学大历以还之诗者，曹洞下也[9]。

注释

①中国佛教有不同的宗派，禅宗是其中一派，在宋朝十分盛行。

②乘：梵语，是乘载之意，即乘载人到彼岸果地，佛教有小乘与大乘之别。

③禅宗第五祖弘忍大师有两个弟子，一个叫慧能，后来在南方传法，一个叫神秀，后来在北方传法，渐渐演化分别，南北双方虽然同为禅宗，但开导的方法有所不同，南方主“顿悟”，北方主“渐悟”，严羽似乎认为南高于北。

④正法眼：佛门用语，即具辨别高下正邪的眼力。

⑤《诗人玉屑》版本无“小乘禅”三字。

⑥声闻：闻佛的声教而悟道的人。辟支：又称独觉，没有师承，独自悟道的人。果：果位，证道后身处的位置。两者都属于小乘，但不是小乘最高级

的果位。两者只是自己悟道（觉己），而没有开示他人（觉他）。菩萨自己悟道又普度众生，觉己又觉他，所以是大乘。

⑦《诗人玉屑》版本无“小乘禅也”四字。

⑧临济：禅宗南宗五家之一，以“棒”“喝”见称，颇有行为艺术特色。

⑨曹洞：禅宗南宗五家之一，以“五位说”“回互”见称，学说融合儒家思想，较为细密稳健。

译文

佛家的派别，有小乘与大乘，南宗与北宗，正道与邪道。学习者必须师从最上乘之派别，具有辨别高下正邪之眼力，了悟第一等奥义。至于小乘禅，证得声闻与辟支的果位，皆不是正道。论诗如同论禅：汉、魏、晋与盛唐的诗歌，为第一等奥义。大历以后的诗歌，为小乘禅，已落入第二等奥义。晚唐之诗歌，则为声闻与辟支。学汉、魏、晋与盛唐诗歌的人，是临济宗门下。学大历以后诗歌的人，是曹洞宗门下。

简评

《沧浪诗话》以禅喻诗，在现代社会可能较不普遍，但是在宋代，学习佛学或参禅是时髦的行为，诗人们大多都追赶这个潮流。并且，他们还发现佛学尤其是禅宗与诗歌还真有些相通的地方。以禅喻诗并非严羽独创，宋代有很多诗人都有这样的看法，不过，他们大都只是片断地在诗歌或语言上表达，而严羽则较有系统地建立起一套文学理论。

《沧浪诗话》以禅喻诗，他把诗的高下等次比作佛学的大小二乘。简单来说，小乘是原始的佛学，在创立初期，理论内容可能比较简略，“声闻”和“辟支”是小乘的果位，因两种不同的方法觉悟，因此有不同的名称。大乘是后期发展出的佛学，是在小乘的基础上加以发展、反思、补充和进步，因此说大乘高于小乘，也是有道理的。在这一段，严羽运用禅喻把诗歌分成不同等级，他说：

“汉魏晋与盛唐之诗，则第一义也。大历以还之诗，则小乘禅也，已落第二义矣。晚唐之诗，则声闻辟支果也。”

看此段的语气，“大历以还之诗”“晚唐之诗”是两类，一个是“小乘”，一个是“声闻”“辟支”，而实际上，声闻、辟支是小乘佛教的果位，因此它们就是小乘佛教，按这个逻辑，这一段的分类比喻便不合理了，这更让后世如清朝的钱谦益、冯班讥严羽“不知禅”。不过，在《诗人玉屑》版本中，此段没有“小乘禅也”的字眼：

“汉魏晋与盛唐之诗，则第一义也。大历以还之诗，则已落第二义矣，晚唐之诗，则声闻辟支果也。”

这个版本，刚好解决了小乘、声闻辟支的逻辑问题，便没有所谓“严羽不知禅”了。文献版本在流传过程中，多多少少会有一点讹误，我们也不能肯定哪一版本是正确的。不过，认识到这一点后，对此段便可做这样的理解：严羽认为第一等、最高级的诗歌，是“汉魏晋盛唐”诗，因此把它喻为“大乘”，次一等的是大历以后之诗和晚唐诗，因此把它喻为“小乘”“声闻”和“辟支”。那么宋代诗歌呢？严羽这一段没有提及，其实应是再次一等，他称作“野狐外道”。在这一连串的比喻之下，这一段所说的重点当为学诗需从最上乘之门户学起，则“诗以汉魏晋盛唐为师”。

大抵禅道惟在妙悟，诗道亦在妙悟。且孟襄阳学力下韩退之远甚[①]，而其诗独出退之之上者，一味妙悟而已。惟悟乃为当行，乃为本色。

注释

①孟襄阳：即孟浩然，襄阳人，终身未仕，诗风自然平淡。韩退之：即韩愈，字退之，诗歌有怪奇险俗的特点，甚至以赋的手法入诗。

译文

禅之道大概在于妙悟，诗之道亦在妙悟。又孟浩然的学力远逊于韩愈，而孟浩然的诗歌独高于韩愈，即在于妙悟而已。只有悟才是内行，才是事物本然之色。

简评

禅宗是中国本土化的佛教宗派，基本教义是“教外别传，不立文字，直指人心，见性成佛”。禅宗视释迦牟尼的弟子摩诃迦叶为祖师爷，迦叶看见佛祖“拈花微笑”而顿悟佛理。透过这个故事，我们可以理解到，禅宗修佛是“悟”“参”，而非“学”，以“直觉”或“感性理解”去获得佛理，比如说因一句话或一些事情而立即“悟”了。到了宋代，禅宗南派更把这“悟”发挥得淋漓尽致，禅宗公案有许多有趣的记载，如“问：如何是佛法大意？师曰：今年霜降早，荞麦总不收”，或“僧问：如何是直截根源？师乃掷下柱杖”。禅宗是很有语言艺术和行为艺术特质的，不强调逻辑分析，而强调感性感受，当下的直觉、感性的理解就是“悟”，这与诗歌的理解过程很接近。例如“人闲桂花落，夜静春山空”，诗透过意象去表现内容，美在“不落言筌”的韵味，人们透过意象所营造的闲静与清雅去感受诗歌，犹如迦叶尊者感受到佛祖“拈花微笑”的意境而理解其意。这不是“逻辑分析”，而是基于“直觉”或“感性理解”，这便是“悟”。所以，严羽说“论诗如论禅”“禅道惟在妙悟，诗道亦在妙悟”。

另一方面，这也是针对宋代诗坛而言。宋诗有一些特点，比如说使用学问、典故、理语入诗。宋代江西派诗人强调学习，讲究诗法，严羽的“妙悟”正好与此相反，他举孟浩然与韩愈为例，韩愈的学问、学力都高于孟浩然，但是孟浩然诗歌的韵味却胜韩愈一筹，这就是说诗歌贵在“悟”，而非两人“学力”的较量。

然悟有浅深，有分限，有透彻之悟，有但得一知半解之悟。汉魏尚矣，不假悟也[①]。谢灵运至盛唐诸公[②]，透彻之悟也；他虽有悟者，皆非第一义也。

注释

①假：凭借。即汉魏不需要凭借“悟”也可以写出好诗。

②谢灵运：南朝刘宋诗人，以山水诗著名。

译文

然而悟有浅悟深悟，有区别和限制之悟，有“透彻的悟”，有只得“一知半解的悟”。汉魏高超，不需凭借妙悟。谢灵运至盛唐各大名家，是“透彻之悟”；其他人虽然有悟，但都不是第一等奥义。

简评

严羽说明“悟”的重要性后，转而说明“悟”也有不同的程度，这也是他主张汉魏盛唐诗的原因。他认为盛唐之前的“悟”都是通通透透的,“悟”得完全,而大历后“悟”得“一知半解”，越来越差。严羽的诗学有一种崇古的观点，他认为汉魏诗浑然天成，不需要“悟”。从艺术风格来看，汉魏诗的雕饰少，生僻和说理也少，汉乐府诗“感于哀乐，缘事而发”，如《薤露》“薤上露，何易晞。露晞明朝更复落，人死一去何时归”，把人的短暂生命比作薤上的露水，整首诗情感顺畅，语言像从胸中流出来一样。谢灵运代表的是南北朝诗人，严羽认为南北朝至盛唐“悟”得透彻，似乎也在于南北朝至盛唐诗的抒情性很强，充满感性意象，读者从意象中感悟诗意，如王维《使至塞上》的“大漠孤烟直，长河落日圆”,这一意象迂回地连接了大地苍茫之感。严羽很在乎“诗味”,这个时期诗坛流行“含蓄”“韵味”“兴象”的美学标准，诗人往往追求这样的诗歌，唐诗刚好很符合严羽的口味。

吾评之非僭也，辩之非妄也。天下有可废之人，无可废之言。诗道如是也。若以为不然，则是见诗之不广，参诗之不熟耳。试取汉魏之诗而熟参之，次取晋宋之诗而熟参之，次取南北朝之诗而熟参之，次取沈宋王杨卢骆陈拾遗之诗而熟参之[①]，次取开元天宝诸家之诗而熟参之[②]，次独取李杜二公之诗而熟参之[③]，又取大历十才子之诗而熟参之，又取元和之诗而熟参之，又尽取晚唐诸家之诗而熟参之[④]，又取本朝苏黄以下诸家之诗而熟参之[⑤]，其真是非自有不能隐者。傥犹于此而无见焉，则是野狐外道[6]，蒙蔽其真识，不可救药，终不悟也。

注释

①沈：沈佺期。宋：宋之问。王：王勃。杨：杨炯。卢：卢照邻。骆：骆宾王。陈拾遗：陈子昂。

②开元天宝诸家：即盛唐诗人群，除李白、杜甫外，还有王维、孟浩然、王昌龄、高适、岑参等人。

③郭绍虞《沧浪诗话校释》据《诗人玉屑》版本，在此句后多了“又取大历十才子之诗而熟参之，又取元和之诗而熟参之”两句。大历十才子的说法不一，流行的是李端、卢纶、吉中孚、韩翃、钱起、司空曙、苗发、崔峒、耿沣、夏侯审十人。元和诗也有不同的说法，或指白居易和元稹二人次韵酬唱，以及流连光景的抒情诗，或指唐元和年间诗人们的诗作，但主要作者也是元、白二人。

④晚唐诸家：晚唐的著名诗人有杜枚、李商隐、贾岛、姚合、皮日休、陆龟蒙等人。

⑤苏黄：指苏轼与黄庭坚。

⑥野狐外道：指没有正法眼，落入旁门左道。

译文

我的评论并非虚假的，我的申辩并非胡乱的。天下间有可以废弃的人，却无可以废弃的言论。诗之道亦如此。如果有人认为不是这样，则是看诗不多，参诗不够深入而已。尝试取出汉、魏诗歌深入参详，再取出晋、南朝宋诗歌深入参详，再取出南北朝诗歌深入参详，再取出沈、宋、王、杨、卢、骆、陈拾遗的诗歌深入参详，再取盛唐开元、天宝年间各大诗人的诗歌深入参详，再单独取出李白、杜甫二人的诗歌深入参详，又尽取晚唐各大诗人的诗歌深入参详，又取出本朝苏轼、黄庭坚以下各诗人的诗歌深入参详，其中真相自有不能隐没之处。假若这样做也不能有所发现，则是落入了旁门左道，真正的见识被蒙蔽了，不可救药，最终不能妙悟。

简评

在严羽的观点里，汉魏晋盛唐诗是最好的，尤其是以盛唐李白、杜甫为最，因此他依这个标准选择诗人，也基于这个标准向读者推荐诗人。严羽在这一段中所举的诗人，大都合乎他“好诗”的标准，但当中也有一流、二流之分，他没有在文中说清楚，谁是一流，谁是二流，谁是不入流。他只说学诗者只要参详这些诗歌，便会一目了然。他说的不能“隐”的“真是非”，言下之意应该是“汉魏晋盛唐诗最佳”。他认为若读者不能发现这一点，是因为看诗不多，参得不熟，落入旁门左道，这就是“若以为不然，则是见诗之不广，参诗之不熟耳”与“于此而无见焉，则是野狐外道”之意。

夫学诗者以识为主：入门须正，立志须高；以汉魏晋盛唐为师①，不作开元天宝以下人物②。若自退屈，即有下劣诗魔入其肺腑之间；由立志之不高也。行有未至，可加工力；路头一差，愈骛愈远；由入门之不正也。故曰，学其上，仅得其中；学其中，斯为下矣。

又曰，见过于师，仅堪传授;见与师齐，减师半德也。工夫须从上做下，不可从下做上。

注释

①《沧浪诗话》把唐诗分成初唐、盛唐、大历、元和、晚唐五个时期,每个时期诗歌面貌各有特点。“盛唐”指唐代开元、天宝至大历之间的时期，这是唐代文化、国力最辉煌的时期，也是唐诗的鼎盛时期，殷璠称这一时代的诗歌“神来、气来、情来”，其声律、诗情、气态兼备。主要诗人有李白、杜甫、王维、孟浩然、王昌龄、高适、岑参等。

②作者以开元、天宝代指“盛唐”，这句话的意思是不作“盛唐”以后形态的诗歌。

译文

学诗的人以见识为主：入门必须严正，立志必须高远，要以汉、魏、晋、盛唐为师，不沦为唐开元、天宝以下时期的人物。假若学诗的人自我后退屈服，即有下劣诗魔入侵他的肺腑之间，这是由于立志不高所致。道行未到家，可以再下工夫；开头偏差了，愈乱跑愈遥远，这是由于入门不严正所致。因此说：学习最上等的学问，只懂得中等的；学习中等的学问，那么就只懂得下等的。又说：见识超过老师，仅能得老师传授全部所学；见识与老师一样，减失老师学问的一半。工夫必须从上而下做，不可以从下而上做。

简评

严羽作为一位文学理论家，他在《沧浪诗话》中表明了其观点：第一，学诗的人要有“识”，即有见识、见地，立最大的志向，由最高的门户学起。犹如一位学生，应该心怀大志，并挑选最恰当的老师，如果为了方便，马马虎虎地凑合着，不知不觉便学偏了，便有“下劣诗魔在肺腑间”。开头非常重要，“路头一差，愈骛愈远”。就算学生跟了一个最好的老师，也未必能超越他，许多时候只能学到他的一半，如果跟了一个不怎样的老师，那么连一半的学问都学不到。“学其上，仅得其中……见与师齐，减师半德也”就是表达这个意思。第二，他有一种崇古的观点，认为最好的诗是在“盛唐”及其以前。汉魏晋诗歌都有“古风”，语言古雅又言之有物，这些特点到“盛唐”登峰造极。“盛唐”的诗歌充满积极向上的情感，格调也比较“中正”和“高昂”。严羽在诗话后面说“盛唐诸人惟在兴趣”，意思是艺术手法重“兴象”，诗有“言有尽而意无穷”的“趣味”。“盛唐”诗充满意象，诗歌语言非常形象化，情感饱满充沛，而且具有一种大气的精神气度，如“君不见黄河之水天上来，奔流到海不复回。君不见高堂明镜悲白发，朝如青丝暮成雪。人生得意须尽欢，莫使金樽空对月……”（李白《将进酒》）。“中唐”“晚唐”诗歌走向清冷、孤僻、艳丽，宋代诗歌走向“生活”“说理”“老练”，这是中国古典诗歌不同艺术手法、内容的尝试。严羽主张诗歌以“盛唐”及其以前为主，代表着他的欣赏倾向。

先须熟读《楚词》[1]，朝夕讽咏以为之本；及读《古诗十九首》，乐府四篇[②]，李陵苏武汉魏五言皆须熟读[③]，即以李杜二集枕藉观之，如今人之治经，然后博取盛唐名家，酝酿胸中，久之自然悟入。虽学之不至，亦不失正路。此乃是从顶𩕳上做来[④]，谓之向上一路，谓之直截根源，谓之顿门，谓之单刀直入也[⑤]。

注释

①《楚词》：即《楚辞》，包括屈原、宋玉的诗歌。

②这里的“乐府四篇”，究竟实指哪四篇，尚无从稽考，不过，这必定是汉魏的乐府诗。

③有些古代诗人和理论家认为，最早的五言诗歌是李陵和苏武创作的，《昭明文选》内也收录苏武诗四首，不过据现代学者考证，这些五言诗并非二人所作，而是汉代后期的文人及更以后诗人的作品，作者已佚，在流传中误入二人名下，并为人误信。

④顶𩕳：即头顶，头上。

⑤向上一路、直截根源、顿门、单刀直入：都是佛门用语。向上一路，宗门之极处。顿门，即顿悟之门，顿悟是因一些人、事而直接快速地悟出某些道理来。

译文

首先必须熟读《楚辞》，以它为本早晚诵咏，后读《古诗十九首》，乐府四篇，必须熟读李陵、苏武、汉魏五言诗，埋首阅读李白、杜甫二人的诗集，犹如现今的人研究经典，这样以后广博地学习盛唐各大名家，在胸中酝酿，久而久之，自然会悟入诗道。虽然学习还未到家，亦不失为一条严正之道。这样乃是从头顶上做起，称作“宗门之极处”，称作“直截事物根源”，称作“顿悟之门”，称作“单刀直入事物的本质”。

简评

承接上面的“以汉魏晋盛唐为师”，在“如何学诗”这个问题上，严羽开出了书单，《楚辞》、《古诗十九首》、乐府诗、汉魏五言诗、李白、杜甫、盛唐诸名家……这些都是古代的经典。从这份书单，我们已看到他对于“兴象”及“韵味”的重视。汉魏五言诗被誉为“有滋味”的诗歌，而盛唐诸家则是“神来、气来、情来”，熟读这些诗，在心中酝酿久了，自己也能写出好诗。严羽一连用好几个比喻，来说明学习汉魏晋盛唐是一个最好、最直接、最根本的方式，他说“从顶𩕄上做来”“向上一路”“直截根源”“顿门”“单刀直入”，都是这个意思。而“向上一路”“顿门”等语源自佛门用语，从这些术语也可看出“以禅喻诗”的痕迹来。

在这里，要特别一提的，是严羽对李杜的高度重视。李白和杜甫在中国古代并不是从本初便具有诗坛宗师地位的，其实，在唐以后直至严羽所身处的南宋时代，李白和杜甫不过是诗人们欣赏的对象之一。在宋代，诗人们对李白、杜甫的认识和评价并不一致，宋初的西昆派甚至斥杜甫为“村夫子”，北宋中叶以后，诗人们对技法越来越重视，便学习杜甫诗法。此外，也出现了抑李扬杜的情况，如苏轼的弟弟苏辙，他曾经表示李白诗就像其人“骏发豪放，华而不实，好事喜名，不知义理之所在……杜甫有好义之心，白所不及也”（苏辙《诗病五事》)。严羽认识到李杜二人各自的特点，把他们并举，并作为学习唐诗的典范，要“枕藉观之”，在当时来说，实在是非常高明的眼界。此外，《沧浪诗话》对明清诗坛产生了巨大影响，亦可算是李杜二人取得诗坛宗师地位的推手。

二

诗之法有五：曰体制，曰格力，曰气象，曰兴趣[1]，曰音节。

注释

①这里的兴趣是指诗的艺术表现，指“兴象”与“趣味”（韵味）。

简评

“诗之法”并非“写诗的方式”，这里的“诗之法”相当于“诗的要点”。严羽提出诗有五个要点，分别是体制、格力、气象、兴趣、音节。体制是体式，包括体裁以及整首诗各部分是否配合得宜，比如说，如果一首诗头重脚轻，就是体制不够好。格力是诗的力量，诗的内部是否坚强，坚强才能散发力量，或者说诗的语言力量是重如千钧还是软弱无力。气象是外貌气势，是诗给予读者的一种感觉，中国古代常常使用“气”这个字，万物都有“气”在流动，流动便有生命力，因此“气”便是生命力，有气象的诗就是有直扑读者的生命之气。兴趣是“兴象”与“趣味”（韵味），诗之所以为诗，是因为有一种“言有尽而意无穷”的“韵味”。音节即是音律上的抑扬顿挫，中国古典诗歌尤其是近体诗对平仄音律有严格的要求，音节往往让诗歌有声音上的美感。

三

诗之品有九[①]：曰高，曰古，曰深，曰远，曰长，曰雄浑，曰飘逸，曰悲壮，曰凄婉。

注释

①品：种、类。

简评

“诗之品”其实是诗歌艺术风格的分类，比如宋词有婉约派和豪放派。当然，各时代艺术风格的分类并没有一致的见解，分类也因人和时代而异，如司空图《二十四诗品》便把诗的艺术风格分成二十四种，刘勰《文心雕龙》将其分成八类，严羽则把诗的艺术风格分成高、古、深、远、长、雄浑、飘逸、悲壮、凄婉九种。在这九种当中，有些很清楚明白，如“夜阑卧听风吹雨，铁马冰河入梦来”（陆游《十一月四日风雨大作》）是悲壮，“红颜未老恩先断，斜倚熏笼坐到明”（白居易《后宫词》）是凄婉，而有些则很难说清楚其具体分野，如“高”与“古”，“远”与“长”。

四

其用工有三[①]：曰起结，曰句法，曰字眼。

注释

①用工：需下工夫之处。

简评

严羽说诗需要“用工”的地方在起结、句法和字眼上，这便说到了诗的技法，即如何写出好诗的问题，这三点是古代诗法常常谈及的地方。《沧浪诗话》的“诗评”部分说“李白发句，开门见山”便是起句的问题，结句则如杜甫《蜀相》“出师未捷身先死，长使英雄泪满襟”，便属有力而绵长。起结都好的诗歌其实不多。句法是句子的结构和布置等问题，《诗人玉屑》载王安石改王仲之句子“日斜奏罢长杨赋”为“日斜奏赋长杨罢”，并说“诗家语如此仍健”，这就是句法对诗意的影响，前一句平铺直叙：日斜——奏罢——长杨赋，后一句颠倒新奇：日斜——奏赋——长杨——罢。在字眼方面，可举王安石《泊船瓜州》“春风又绿江南岸”之例，他曾试过“到”“过”“入”“满”等十几个字，最后敲定了这个名词当动词用的“绿”字，“又绿江南岸”顿时让读者满眼生机。

五

其大概有二：曰优游不迫，曰沉着痛快。

简评

诗的“大概有二”，即诗大致可分两种：优游不迫与沉着痛快，这两种都是诗歌给人的感觉，如王昌龄《从军行》“黄沙百战穿金甲，不破楼兰终不还”为沉着痛快，杜甫《江畔独步寻花》“留连戏蝶时时舞，自在娇莺恰恰啼”为优游不迫。严格地说，这也是诗的艺术风格，严羽在说了诗有九品后，又说有两种“大概”，其实是从不同的角度做了两次分类，九品似乎是在“诗”的本身上分类，两种“大概”是针对读者的感觉进行分类。

六

诗之极致有一，曰入神。诗而入神，至矣，尽矣，蔑以加矣[①]！惟李杜得之。他人得之盖寡也。

注释

①蔑：无，没有。

译文

诗的极致有一，称作“入神”。写诗到了“入神”的境界，终极了，顶点了，没有什么可以再加强推进了。唯有李白、杜甫能得此境界，其他人很少能达到“入神”。

简评

严羽认为诗的最高超境界是“入神”，这似乎很玄妙。神是什么？是最高明的境界，也是精神，是万事万物最核心的部分，可算是事物的“灵魂”，因此“入神”可看作进入到诗歌灵魂之所在。《易经·系辞传上·五》云“一阴一阳之谓道……阴阳不测之谓神”，天地万物运行，有玄妙殊不可估计解释之处，日升日落阴阳交替，日复如是，这个规律是“道”，但为何有日月星辰？为何此刻巨石陨落，天火大作？这不可解的便称作“神”，诗歌有时也是美而不可解的，如《诗经·蒹葭》“蒹葭苍苍，白露为霜。所谓伊人，在水一方”，蒹葭与伊人，美在不可解释的韵味，这种状态也可看作“神”，“入神”也是指诗达到的这种状态吧。

七

夫诗有别材，非关书也；诗有别趣，非关理也。

译文

诗歌有独特的体制内容，与书本无关；诗歌有独特的趣味，与逻辑原理无关。

简评

“诗有别材，非关书也；诗有别趣，非关理也”，是《沧浪诗话》中最著名的观点之一，古今中外的中国古典文学研究者皆对它投以热烈的目光。它表明了“真诗”与“坏诗”之别。所谓“诗”，是一种特殊的文学艺术，诗的要求是“艺术”的，因此严羽说诗有“别材”，即“特殊的、别树一帜的体制”或“特殊的内容”。无论是体制上或是内容上，诗都与众不同，诗与“书”无关。所谓的“书”，是“书本”，是以前的文学或非文学作品，诗人可以阅读，也可以借鉴，甚至可以“抄书”。“书”有学问的意思，即是把生僻的典故或学问生搬硬套在诗中。“书”也有“现成”的意思，即是把现成的句子或思路写入诗里。在这里，严羽表明了无论在创作或题材上，“诗”都与这些无关。

“诗有别趣，非关理也”亦是同样的道理。“趣”是指“韵味”或“滋味”，诗有特殊的韵味，其原因似乎是对“理”的远离。“理”可理解为“理语”“原理”“道理”或“理性的方式”，诗的幽妙不能以逻辑分析，如果一首诗写得很“理性”，那便类似应用文了。有时诗歌表达了人生的哲理，但它常常以审美而智慧的方式出现，我们称为“理趣”。“理语”是生硬的东西，是作者硬套在诗上的，而“理趣”则是美丽的智慧，是读者在诗中体悟出来的。这个情况也可从以下两首诗歌表现出来：

何故谓之诗，诗者言其志。既用言成章，遂道心中事。
不止炼其辞，抑亦炼其意。炼辞得奇句，炼意得余味。

《论诗吟》 邵雍

半亩方塘一鉴开，天光云影共徘徊。
问渠那得清如许，为有源头活水来。

《观书有感》其二 朱熹

严羽的“别材”“书”“别趣”“理”，实际上是有关“诗意”或“诗性”的问题。“诗的语言”是一种感性语言，“诗性”提供的是感性体验。诗的语言与日常语言是两种不同的东西，日常语言熟悉、理性，可快速理解，在《沧浪诗话》中是“书”和“理”，但将太过熟悉或逻辑理性的东西入诗，诗便成为日常之物，就像邵雍的《论诗吟》，它直白地解释什么是诗——诗是言志的，写成文章，道心中事，写诗要炼辞也要炼意，炼辞得奇妙之句，炼意有韵味——这是日常理性逻辑式的文字，没什么诗意。诗把日常语言加以变化，使用意象，从意象中产生感觉，“诗性”就在新鲜的、意象的、充满感受的语言中诞生，如朱熹的《观书有感》着重表现自然意象，从清朗的感受中联系看书的感觉，让我们领会到“问渠那得清如许”的“清”便是书的清，“为有源头活水来”的“源头活水”也是书的清远活灵。由此可知，“诗”也是“感性理解”，即“悟”的事情，诗人体悟了而化作诗歌，用一种“非书”和“非理”的感性表达来显现“诗性”。

然非多读书，多穷理，则不能极其至。所谓不涉理路，不落言筌者①，上也。

注释

① 《庄子·外物》篇云“筌者所以在鱼，得鱼而忘筌；蹄者所以在兔，得兔而忘蹄；言者所以在意，得意而忘言”，即人用筌来网鱼，用蹄（兔网）来捉兔，用言来表达意义，当中的“筌”“蹄”“言”都是用以达到目标的工具，我们的心思其实不在这些工具上，而在目标——“鱼”“兔”和“意”中。《沧浪诗话》在此承继了这个著名的观点，其“不落言筌”即是不拘泥语言文字，重点是“意”，从语言到诗性，我们的焦点不是语言游戏，而是“诗性”。

译文

然而不多读书，多研究事理，则不能达到诗的极致。所谓不涉及理路，不拘泥语言文字，乃是诗的最高境界。

简评

“诗有别材，非关书也；诗有别趣，非关理也”说诗与“书”“理”无关，但紧接着又说多读书、多穷理，才能达到诗的极致，这里看似自相矛盾，其实不然，这个逻辑犹如一个人要成功必须勤奋，但一个勤奋的人未必能成功。诗也是一样，要写好诗，必须多读书、多穷理，这犹如储备弹药。不过，“如何把所读之书、所穷之理转化为好诗”，就是一个大学问了。《沧浪诗话》文中并没有写出来，不代表它没有提及，这个学问就是“悟”。所谓的“不涉理路,不落言筌者”,便是“悟”的能耐，也是把学问“悟”后所写之诗的状态，不照搬分析性的理语，不拘泥语言游戏，而是把“书”和“理”的体悟转化成诗，这也代表着“韵味”和“诗性”，指向严羽所喜爱的“兴象”和“言有尽而意无穷”。总而言之，严羽认为学诗和写诗必须多读书、多穷理，然后把所读之书、所穷之理“领悟”到诗上，“领悟”是转化为“诗性”的关键。

诗者，吟咏情性也①。盛唐诸人惟在兴趣②，羚羊挂角③，无迹可求。故其妙处透彻玲珑，不可凑泊④，如空中之音⑤，相中之色⑥，水中之月，镜中之象⑦，言有尽而意无穷。

注释

①吟咏情性：来源于《诗大序》，这是《诗经·国风》的功能，也是诗歌的功能，这“吟咏情性”并非靡靡情性，而是中正洁健的内心情感。

②兴：兴有两义，一是指创作手法，即“先言他物以引起所咏之词”；二是指诗歌风格，即含蓄的、有韵味、言有尽而意无穷的诗歌品味。趣：趣味，并非有趣、滑稽之意，古代常有山林之趣或琴趣，这些“趣”是指一种韵味，即感到“很有意思”。

③羚羊挂角：禅家语，可见于《传灯录》，意思是凡事物都有迹可寻，但羚羊把它的“踪迹”即“角”

挂在树上，因而无迹可寻。

④凑泊：禅家语，可见于《传灯录》，意思是生硬地结合在一起。

⑤空中之音：可声闻而不可寻觅。

⑥相：事物的相状，表现于外又能想象于心。色：事物之表色。相中之色，可看见但不可与事物割离。

⑦水中之月，镜中之象：即佛家常说的“镜花水月”，看似真象又非真象。

译文

诗歌，是“吟咏情性”的。盛唐各大诗人妙处在于兴象与韵趣，如羚羊把角挂于树上，没有痕迹可寻。因此它的妙处在于风格上的透彻玲珑，不可生硬地结合在一起，如同空中的声音，物象之表色，水中之月亮，镜中之物象，文字有尽而意味无穷。

简评

在说明了诗有“非书”“非理”的“诗性”后，严羽紧接着说明这种“诗性”是怎样的。严羽以盛唐为诗的极致，因此“盛唐诸人惟在兴趣”，即是“真诗惟在兴趣”。“兴”是“比兴”，意象寄托，引申指含蓄、意此言彼的余韵；“趣”是诗歌说不清道不尽的味道，两字其实指向共同的内涵，后面从“羚羊挂角”到“镜中之象”都是以意象的方式揭示何谓“兴趣”。诗歌的味道是不可分析的，它无迹可寻。诗歌的内容、诗意紧密地结合在一起，诗意像空中之音、相中之色、镜花水月一样，读者可以感觉、领会那美妙余韵，但又说不清楚为何会有这些韵味，是什么东西让它出现。因此，严羽总结说：言有尽而意无穷，这句话是中国古代诗歌“味道”的名言。

近代诸公乃作奇特解会[①]，遂以文字为诗，以才学为诗，以议论为诗。夫岂不工，终非古人之诗也。盖于一唱三叹之音，有所歉焉[②]。

注释

①奇特解会：禅家语，可见于《五灯会元》，意思是奇特的理解。

②歉：欠缺、不足。

译文

近代诗人对诗歌作特殊的理解，于是以文的方式写诗，以典故才学写诗，以议论的方法写诗。这样的诗歌并非不好，但终究不是古人的诗。对于诗歌“一唱三叹”的韵味，亦有所欠缺。

简评

严羽论述了什么是“真诗”,诗的“诗性”应该有“韵味”“言有尽而意无穷”后，笔锋便转到宋代诗坛上。诗歌经历了魏晋南北朝，到了唐代大盛，盛唐诗“神来、气来、情来”，对读者来说当然非常赏心悦目，不过，对于后继者来说，无疑是一座难以超越的大山。宋代诗人面对如此难题，也只能另觅出路。唐朝是大唐帝国，我们称它作“盛唐气象”，其诗神、气、情兼备，有充沛的感情，蒸蒸日上的外扬意象；而宋代呢，国土较小，文人当政。唐代的诗人一般是单纯的诗人；而宋代诗人则饱学诗书，甚至身兼学者、画家。或许是避短扬长，另觅出路的宋诗清雅、平淡、冷静、老练，题材方面更加广阔，诸如苍蝇和喝茶都能入诗，后来更有说理和议论成分。宋代诗人学问好，诗中多用典故，宋诗以筋骨见称，独到而有真味，甚至闪耀着智慧的光芒。不过，这样的宋诗，其末流便出现了严羽所批评的"以文字为诗，以才学为诗，以议论为诗"，大家不妨看看以下诗歌：

人皆养子望聪明，我被聪明误一生。
惟愿吾儿愚且鲁，无灾无难到公卿。

《洗儿诗》 苏轼

茅檐长扫净无苔，花木成畦手自栽。
一水护田将绿绕，两山排闼送青来。

《书湖阴先生壁》 王安石

若言琴上有琴声，放在匣中何不鸣？
若言声在指头上，何不于君指上听？

《琴诗》 苏轼

故人西辞黄鹤楼，烟花三月下扬州。
孤帆远影碧空尽，唯见长江天际流。

《黄鹤楼送孟浩然之广陵》 李白

诗歌的语言与文的语言不同，文的语言是日常的，依循常规逻辑，而诗的语言打破常规，陌生甚至出现"语病"，不过这亦是诗意的来源。以"日常之文"的语言写诗，便是"以文字为诗"，《洗儿诗》便是例子，它使用了文而非诗歌之笔法。《书湖阴先生壁》属于"以才学为诗"，在中国古代，才学之士是饱读诗书的人，他们对于事缘和典故信手拈来，这首诗的最后两句其实使用了《史记·大宛列传》和《史记·樊郦滕灌列传》的典故，不过，这首诗的好处也在于了无痕迹，就算不了解《史记》也能读懂。大家可以想象其他宋代诗人，他们没有王安石的才华，所以使用典故非但不能增添新意，反而令读者摸不着头脑，“以才学为诗”的缺点就在于此。《琴诗》属于“以议论为诗”，在诗中议论，自古以来皆有，可是宋人特别喜爱。《说文解字》曰“论，议也”，段玉裁《说文解字注》曰“论以仑会意，亼部曰：仑，思也；龠部曰：仑，理也。此非两义”，因此“论”属思维之事，议也、理也、思也，就是明辨是非、条理事物、分析局势。在诗中议论，通常都是点到即止，但宋诗有时会通篇议论，《琴诗》的议论有智慧之美，但并非所有宋诗皆如此。以这些宋诗为例子，对比《黄鹤楼送孟浩然之广陵》，便可发现它们是风格完全不同的诗歌。《黄鹤楼送孟浩然之广陵》充满意象：“烟花三月”“孤帆远影”……它是透过意象表达感情的，有一种回环的余韵。严羽说的“兴趣”“水中之月”“镜中之象”，很明显是指《黄鹤楼送孟浩然之广陵》。由于这种诗风的改变，严羽认为宋诗并非“不工”，但“终非古人诗”。宋诗诉诸哲理、议论或典故，有别于以往的诗歌，开辟了一条新出路，不过，情感性差了一点，严羽讲求“镜花水月”的“韵味”，因此说宋诗不能达到让人一唱三叹的程度。

且其作多务使事[①]，不问兴致[②]；用字必有来历，押韵必有出处，读之反复终篇，不知着到何在。其末流甚者，叫噪怒张，殊乖忠厚之风，殆以骂詈为诗[③]。诗而至此，可谓一厄也。

注释

①使事：使用典故。

②兴致：即“兴趣”。

③詈：骂，责备。

译文

而且这些作品多致力于用典，不关注兴象与韵趣；诗中用字必须有来历，押韵必须有出处，全篇反复阅读，不知它们的要点在何处。其中末流弊端严重的，叫嚣、噪闹、怒强、乖张，违背诗歌忠厚之传统风气，近于以叫骂、责备为诗。诗歌沦落至此，可谓一大灾难。

简评

宋代诗人学问好，在诗中使用典故，甚至到了很极端的境地，譬如：

我居北海君南海，寄雁传书谢不能。
桃李春风一杯酒，江湖夜雨十年灯。
持家但有四立壁，治病不蕲三折肱。
想得读书头已白，隔溪猿哭瘴溪藤。

《寄黄几复》　黄庭坚

这首诗首句用《左传·僖公四年》齐军伐楚典故，楚使者向齐桓公说：“君处北海，寡人处南海，唯是风马牛不相及也”，此表示距离非常遥远。第二句用了“寄雁传书”的典故，表示距离太远了，连写信传书也做不到。第四句“江湖夜雨”并不只有萧瑟的意思，杜甫有诗句“江湖多风波”（《梦李白》

其二），李商隐有诗句“巴山夜雨涨秋池”（《夜雨寄北》），两诗都是描写对远方朋友的情怀，“江湖夜雨”结合了杜甫和李商隐友情诗的情怀。第五句使用了司马相如与卓文君的典故，卓文君夜奔相如，但家徒四壁，第六句又用《左传·定公十三年》“三折肱，知为良医”，两句合起来赞美黄几复为官清廉家徒四壁，如良医一样对待百姓，不怕三折肱。

这首诗用典实多，如果不了解典故的含义，可能会对诗意一知半解，甚至读不懂诗歌，运用如此多的典故甚至有炫耀学问的味道，这样的诗歌与“含蓄而有余韵”截然不同，这便是严羽所批评的“多务使事，不问兴致”。

写《寄黄几复》的诗人黄庭坚，是宋朝的重要诗人，与苏轼并称“苏黄”。他喜欢论诗，尤其是在理论上指导年轻人，他有很多“诗法”，即写诗的技巧，其中一个“诗法”是借鉴前代诗歌的语言。他曾经说过杜甫、韩愈的诗文，无一字无来处，是后人读书少，才以为他们自作语言，古代诗人之厉害，取古人的陈言而翻新写诗，这叫“点铁成金”。他又说诗意无穷而人才有限，可以不变动其意而用新的语言写出，这叫“夺胎换骨”。这种种都是“诗法”，都可供后人参考。而黄庭坚的后人，一大群宋代诗人尤其是江西诗派真的“参考”了，更有甚者，循着这条道路“走得太远”，让宋代出现了严羽所谓的“用字必有来历，押韵必有出处”的诗坛现象。才华横溢者如黄庭坚尚能出奇制胜，才华稍差的诗人便成末流，这类诗歌实在没有味道，好比看大家“抄书”“剽窃”。

宋代诗坛另一个弊端，严羽说是“以骂詈为诗”，这似乎是由于某些豪放诗人太过“豪迈”，在诗歌中戏谑讥诮，其矛头应指向苏轼和其他诗人。苏轼因写讥诮诗而导致“乌台诗案”，有些诗人在诗中讽说他人肥胖，不论有意或是无心，都不太好。中国古典诗歌有诗言志，讲究“雅”和“中正”的传统，严羽是这一传统的支持者，因此说这些诗“叫噪怒张，殊乖忠厚之风”。

《沧浪诗话》的重要性之一，就是它很独到且清楚明白地指出了宋代诗坛的几点弊端，包括：以文字为诗，以才学为诗，以议论为诗，以骂詈为诗，对古代诗歌借鉴过多，过于拘泥诗法。

然则近代之诗无取乎？曰，有之，吾取其合于古人者而已。国初之诗尚沿袭唐人：王黄州学白乐天①，杨文公、刘中山学李商隐②，盛文肃学韦苏州③，欧阳公学韩退之古诗④，梅圣俞学唐人平淡处⑤。

注释

①王黄州：即王禹偁，字元之，北宋诗人，尝知黄州。王禹偁自幼喜爱白居易的诗歌，写过很多闲适诗，风格平易流畅，为宋初“白体”诗人之一。白乐天：即白居易，字乐天，唐代诗人，号香山居士。

②杨文公：即杨亿，字大年，北宋诗人，谥号文，故称文公。刘中山：即刘筠，字子仪，北宋诗人，中山人。宋初诗坛曾经有一个“西昆派”，其诗歌叫“西昆体”，以杨亿、刘筠等文人为代表，这些诗歌师法李商隐，风格雕润密丽、音调铿锵、华美工稳，西昆体一出，风行天下，人们争相跟随。

③盛文肃：即盛度，字公量，北宋诗人，谥号文肃。其诗集已失传。韦苏州：即韦应物，唐代诗人，

其诗风淡雅自然，承传陶渊明一脉，曾为苏州刺使。

④欧阳公：即欧阳修，字永叔，北宋诗人。韩退之：即韩愈，字退之，唐代诗人。欧阳修对韩愈十分推崇，他的古体诗有奇险和平易两类风格，相信其散淡与奇险是学韩的。

⑤梅圣俞：即梅尧臣，字圣俞，北宋诗人，他是“唐诗”走向“宋诗”的标志性人物之一。他扩大了诗歌的内容，走向生活化，如跳蚤、吃河豚都能入诗，其风格平淡，是一种越过雕琢绮丽的老练，他说“作诗无古今，惟造平淡难”，欧阳修评他的诗歌“古淡有真味”，如吃橄榄，越咀嚼越有味道。

译文

然而近代没有可取的诗歌吗？答：有的，我选取当中与古人一致的诗歌而已。北宋初期诗歌还能沿袭唐人：王禹偁学习白居易，杨亿、刘筠学习李商隐，盛度学习韦应物，欧阳修学习韩愈的古诗，梅尧臣学习唐人诗歌的平淡之处。

简评

在这里，严羽开始细说宋代诗坛，并说明宋代诗歌的“好坏”。宋初诗歌沿袭唐音，一是由于宋初诗人多是唐五代入宋的；二是宋代还未发展出其独特的诗歌风格。宋末的方回说：“宋铲五代旧习，诗有白体、昆体、晚唐体。”宋初诗歌有白体、昆体、晚唐体三大体，严羽便提到两个：白体和昆体。王禹偁学白居易即“白体”，杨亿、刘筠学李商隐即“西昆体”，另外还有盛度、欧阳修与梅尧臣，他们分别带有韦应物、韩愈自然平淡的"唐音"。在一般中国文学史的描述中，宋初诗人们的"学习"是为了追求更好的诗歌，他们努力吸收唐朝的精华，但并未有所超越。唐朝的国势是宋朝不能企及的，宋诗人也有他们特殊的生活风尚和思考模式，唐诗人的巨大成就如同一座大山，压在宋诗人身上，因此这些"学习"到最后也不能让他们在唐诗的基础上更上一层楼，他们需要另觅出路。可是，严羽是主唐音的，他说最好的诗歌在魏晋盛唐，尤其是盛唐，唐诗的"兴趣""言有尽而意无穷"，那意象言情是他最钟爱的，按照这一逻辑，他认为宋初的诗歌可取，原因便是"合于古人"，即"接近唐音"。

至东坡山谷始自出己意以为诗①，唐人之风变矣。山谷用工尤为深刻，其后法席盛行②，海内称为江西宗派③。近世赵紫芝翁灵舒辈④，独喜贾岛姚合之诗⑤，稍稍复就清苦之风；江湖诗人多效其体⑥，一时自谓之唐宗；不知止入声闻辟支之果，岂盛唐诸公大乘正法眼者哉！

注释

①东坡：即苏轼，字子瞻，北宋诗人，号东坡居士。山谷：即黄庭坚，字鲁直，北宋诗人，号山谷道人。黄庭坚是"苏门四学士"之一，他虽然是苏轼的后学，但形成了自己独特的诗歌风格，他突出的成就最终让自己与苏轼齐名，二人并称"苏黄"。

②法席：即诗法，诗歌创作的具体方法、技巧。

③江西宗派：又称江西诗派，是学习或倾向黄庭坚

诗歌风格、师法的一群诗人，著名的人物有陈师道、陈与义等等，这个诗派从北宋一直延续到南宋，声势浩大，人物众多，对宋代诗坛有巨大的影响。江西诗派以杜甫为“祖”，黄庭坚、陈师道、陈与义为“宗”，故有“一祖三宗”之说。

④赵紫芝：即赵师秀，字紫芝，号灵秀。翁灵舒：即翁卷，字续古，一字灵舒。二人皆是南宋永嘉人。他们与徐照（号灵晖）、徐玑（号灵渊）合称“永嘉四灵”。严羽说“赵紫芝翁灵舒辈”，应是指他们。永嘉四灵的诗风相近，工唐五言律诗，并且专学晚唐贾岛、姚合之苦吟孤幽。

⑤贾岛：字浪仙、阆仙，晚唐诗人。姚合：晚唐诗人，与贾岛齐名，合称“姚贾”。两人的诗歌以“苦吟”著称，对诗歌的用字、对句等极尽推敲，以求诗歌用字贴切，诗歌风格孤寂幽清。

⑥江湖诗人：南宋后期，有一些没有入仕的游士流转江湖，他们以献诗卖文维持生计，当时杭州一名叫陈起的书商，为上述诗人刻印诗集，称《江湖集》，集中的江湖谒客，就称作江湖诗人。他们最擅长的题材似乎是写景抒情，近于“四灵”，刘克庄、戴复古是其代表人物。

译文

到苏轼、黄庭坚开始以自己的意念写诗，唐人之传统风格被改变了。黄庭坚的影响特别深刻，在此之后他的诗法大行其道，海内称此为江西宗派。近世诗人如赵师秀、翁卷等人，独独喜爱贾岛、姚合的诗歌，又逐渐靠近清苦的风气，江湖诗人多仿效他们的诗风，一时之间自称为“唐宗”；不知正落入声闻、辟支的境地，岂是盛唐各大名家的大乘、正法眼的境界！

简评

上面讲到宋诗人需要另觅出路，这条出路在欧阳修、梅尧臣手中已经萌芽，而到苏轼、黄庭坚手上已成蹊径。“东坡、山谷始自出己意以为诗，唐人之风变矣”，即是说盛唐诗到了苏黄手中“大变”，失去了“唐风”。“以文字为诗”“以才学为诗”“以议论为诗”“以骂詈为诗”开始出现，宋诗找到了新的出路，成为真正的“宋诗”。

宋诗成为真正的“宋诗”，黄庭坚功不可没。如果说宋诗淡然，归功于梅尧臣，宋诗理趣，归功于苏轼，那么宋诗学富五车、耳目一新，便须归功于黄庭坚。他喜爱论诗，提出了很多诗歌艺术的创作手法、师法。对于初学写诗的人来说，通常会存在“不知如何下手”的困境，而黄庭坚的诗法让他们有法可依、有法可循，因此学习的人特别多。苏轼是天才型的诗人，豁达、哲理、豪放是其天赋天性，可以说是不可模仿的。黄庭坚则是另一种天才，他是学者型的诗人，他谨慎、具分析性、爱尝试新事物，能把所读之书灵活运用、举一反三。他们二人赋予诗歌新的面貌。苏轼横空出世，当然举世无双，黄庭坚那份学性与灵活也是常人难及的，他大讲诗法，讲得头头是道，诗人们都趋之若骛，希望学习后可以达到他的水平，江西诗派就是这样走出来的。诗歌是讲天分的，单是学习又怎能及得上苏黄？横跨北宋与南宋的江西诗派及其他诗人们，有时“画虎不成反类犬”，很多诗歌便落入了严羽所说的种种弊端，导致诗歌惨不忍睹。这种新型的“宋诗”是苏黄二人奠定的基础，要数弊端，源头也便落在了他们头上，因此，严羽在此便举出“东坡”和“山谷”。

到了南宋后期，很多诗人都意识到宋代诗歌的弊端，他们寻找种种矫正的方法，其中一种也是最流行的便是回归唐诗。永嘉四灵或因天性、或因兴趣，而选择了晚唐贾姚的孤清幽静之风。江湖诗人近于四灵，但题材稍稍开阔一点，他们在创作上打破了江西诗派的藩篱，尽量少用典故，这都是南宋末诗人们为了走出眼前困境所作的努力。不过，晚唐诗歌本来就较为小巧，风格注重字句，不及盛唐诗歌神情气度宏大。严羽在论述诗歌时，以汉魏晋盛唐尤其是盛唐为“正法眼”“大乘”，在他眼中，晚唐诗歌也有可取之处，但已是“声闻”“辟支”。永嘉四灵、江湖诗派号称“唐宗”，但不学盛唐而只学晚唐，严羽对此并不太满意。

嗟乎！正法眼之无传久矣。唐诗之说未唱[①]，唐诗之道或有时而明也。今既唱其体曰唐诗矣，则学者谓唐诗诚止于是耳[②]，得非诗道之重不幸邪！故予不自量度，辄定诗之宗旨[③]，且借禅以为喻，推原汉魏以来，而截然谓当以盛唐为法后舍汉魏而独言盛唐者，谓古律之体备也，虽获罪于世之君子，不辞也。

注释

①唱：大声报，高声念。

②意思是那些讲唐诗的人如永嘉四灵、江湖派等，虽然号曰“唐诗”，但这些人也不过是止于“晚唐体”而已。

③辄：同“辄”。

译文

唉！正法眼久久不传了。唐诗之论说未被大为宣讲，唐诗之道或许有日会被大为昭显。现时诗坛既宣称其诗体为唐诗，则学诗的人会认为唐诗仅止于这样，这是诗道的重大不幸啊！因此我不自量力，确定诗之正宗要旨，且借禅以喻诗，溯源汉魏，断然表明应当以盛唐为诗法（后舍弃汉魏而独称盛唐，是因为盛唐格律诗的体制都完备了），虽然这会得罪现时的诸位君子，但我也在所不辞。

简评

自“宋诗”确立以来，具“韵味”“言有尽而意无穷”的唐诗基本上便被它取代了。有些诗人如宋初诗人、永嘉四灵、江湖诗人也讲唐诗，不过都弃盛唐不顾，而取小巧的晚唐，严羽认为这是诗道的不幸。为什么严羽在《沧浪诗话》的开首便说学诗要“入门须正，立志须高”，要学最上乘？看了这一段，便清楚明白了。这是因为他认为宋末诗坛虽然学唐但只学晚唐，那小小的格局根本不及盛唐之气象，无力改变当时虚弱的诗风。另外，严羽也在这里申明了自己“借禅以为喻”。

严羽论诗是有时代性和针对性的。在《沧浪诗话》中，严羽对苏轼、黄庭坚的批评，并非由于他觉得两人不可取，而是，当他面对被江西诗派的流弊搞得疲弱不堪的南宋诗坛时，他十分痛心疾首，加上南宋末诗人们的种种努力都没有把诗歌重新推上高峰，他只能大声疾呼，以力挽狂澜。他喜爱具兴象寄托、神气情兼备的盛唐诗，高呼回归这个中国历史上少见的诗歌高潮，是非常宏大的理想。严羽实实在在地切中了宋代诗坛的弊端，他发扬了中国诗歌中有关“诗性”的理论，着眼于诗歌的艺术性，关注诗歌的艺术过程，感性领悟，由此更引导了明朝诗坛的复古之风，影响深远。

诗体

一

风雅颂既亡[①]，一变而为《离骚》[②]，再变而为西汉五言，三变而为歌行杂体[③]，四变而为沈宋律诗[④]。

注释

①风雅颂：即《诗经》，诗的六义是风、雅、颂、赋、比、兴，前三者是诗的体裁，后三者是诗的创作手法。

②《离骚》：屈原之作品，为《楚辞》之首，代指全部《楚辞》。

③歌行：中国古代可配乐歌唱以及以这种体裁为基础的诗歌，包括汉乐府诗、汉乐府诗题之外的所有“歌吟”、汉后世如魏晋至唐使用乐府和歌吟旧题而作的诗歌。杂体：指有特殊体式的诗歌，如回文诗；或从字数上来说，一首诗歌中，每句字数不定。

④沈宋律诗：这里代指“格律诗”。沈，沈佺期。宋，宋之问。他们同为初唐诗人，并为近体格律诗做最后定型。

译文

《诗经》已亡，一变而为《离骚》，再变而为西汉五言诗，三变而为歌行与杂体，四变而为沈佺期、宋之问的格律诗。

简评

严羽《沧浪诗话》的第二部分是诗体，包括体裁、风格、样式等等。中国古典诗歌的源头，《诗经》当仁不让，严羽亦由此说起。不过，这里存在一个疑团：整本《沧浪诗话》提及《诗经》的就只有一句“风雅颂既亡”，他没有提到任何有关上古诗歌的事情，也没有提及《诗经》“诗言志”或任何有关“诗风刺其上”的观念，有的只是“兴”以及“吟咏性情”。他为什么认为“风雅颂既亡”？他对《诗经》的态度是怎样的呢？《诗经》“诗言志”“诗无邪”“风刺其上”等有关文学影响社会的传统观点，是否因为不能配合严羽诗歌理论，因而遭他闭口不提？然而，“兴”或“韵味”之说也并非与《诗经》相违。到目前为止，这个问题仍是《沧浪诗话》的一个不确定点。

《沧浪诗话》“诗体”部分的头五句，包含着中国古典诗歌丰富的意义。在这里，严羽首先分析了中国古典诗歌的发展脉络，《诗经》、《离骚》、西汉五言、歌行杂体到沈宋律诗这一过程，即古诗到格律诗的过程。经历了这个过程，中国古典诗歌的基本体式已经完备——稍后的词或曲其实也是乐府歌行——然而，它们不是一个简单的直线流变，文中所写的“一变”“再变”“三变”“四变”只是一种简易的说法。《诗经》是西周至春秋的民歌集子，可以说是中国古代北方文学的经典，而《离骚》则是南方文学的代表，两者在体制、风格上大有不同。汉初流行的是楚辞体、赋体，也有四言诗，随着时代推移，五言诗也逐渐产生，至汉末魏晋大放异彩，被称为“有滋味的诗歌”，与后来增生的七言诗一直位处中国古典诗歌的正典核心。歌行杂体与五言诗同时出现，它也始创于两汉之际，并与七言诗歌遥遥相对。如果说五言诗是庙堂之诗，是“雅”的，那歌行杂体便是宴会之诗，是“俗”的。汉乐府诗是民间歌谣，歌行是豪放人物的口头吟唱，好些歌行更是饮酒作乐时的创作——当然后来也逐渐雅化——自乐府诗登上了大雅之堂后，作为俗文学的宋词、元曲、杂剧便出现了。沈宋律诗是古诗过渡到格律诗的重要标志。中国古诗不限韵，没有平仄和句数限制；而格律诗则限韵，格律严谨，它把平仄、音韵、对仗、节奏等规范化，是一种强迫诗歌语言与日常语言分离的体制，这让诗歌的“诗味”即抒情性得到最大的发挥。格律诗完成了中国古典诗歌的“诗性”体制化。

在此亦可补充两点，一是“歌行”，一是“格律诗”。在古代，歌行与乐府经常混合使用，它们同样是指可配乐吟唱的诗歌。不过，乐府有广义与狭义，广义与“歌行”类同，狭义即是汉乐府诗。歌行的概念至今还没有统一的定论，不过基本上在最初都是可以唱或吟咏的，不包括宋词、元曲，日本学者松浦友久认为，歌行应有三个特点：1. 用拟古乐府题。2. 不以特定曲调为“歌吟”前提。3. 诗歌以歌、行、吟、词、曲、引、操……为题，节奏为七言、杂言，措辞用蝉联体、双拟对等修辞手法。举例来说，两汉乐府如《上邪》、《孔雀东南飞》、曹操《短歌行》、李白《将进酒》等都是歌行。

中国古典诗歌有两大类型：格律诗和古诗。古诗不需要按照格律创作，不限韵，句数也没有限制。“格律诗”则是一种句数、平仄、韵脚等都有要求的诗歌，四句为绝句，八句为律诗。此外还有排律，韵脚限用平声韵，整首诗的字都需要符合平仄。

五言起于李陵苏武或云枚乘[①]。七言起于汉武《柏梁》[②]。四言起于汉楚王傅韦孟[③]。六言起于汉司农谷永[④]。三言起于晋夏侯湛[⑤]。九言起于高贵乡公[⑥]。

注释

①李陵、苏武、枚乘：皆是西汉文学家。

②任昉《文章缘起》说七言诗起于汉武帝《柏梁殿联句》，联句即是一个人起诗首句，以后的人根据其内容和韵脚一人一句地接下去。

③刘勰《文心雕龙》与任昉《文章缘起》都说四言诗起于汉朝楚王的臣下韦孟，他有一首劝谏楚王的四言诗歌，严羽应是取了这个说法。不过，亦有古人认为四言应当起于《诗经》。综观《诗经》，四言为主，但一至九言应有尽有，严羽或许认为韦孟专门作了四言诗，所以取其说。

④六言起于汉司农谷永：任昉《文章缘起》也有记载，这似乎是一首通篇六言的作品，但有目无诗，已不可考。

⑤三言起于晋夏侯湛：任昉《文章缘起》也有记载。三言的作品自汉魏已有，多是民间歌谣或乐府，严羽信从任昉的记载，或许是他把诗与乐府歌谣分开了，这里可能是指古诗的三言体。另外，此三言诗已佚。

⑥高贵乡公：魏文帝孙，其九言诗已佚失。

译文

五言诗起源于李陵、苏武（也有人说是枚乘）。七言诗起源于汉武帝《柏梁殿联句》。四言诗起源于汉朝楚王的太傅韦孟。六言诗起源于汉朝的大司农谷永。三言诗起源于晋朝的夏侯湛。九言诗起源于高贵乡公。

简评

严羽在此说明了南宋流行的“诗歌起源”观点，四言诗起于某某，五言诗起于某某，不过，由于考证和知识所限，其观点未必全部正确。如“李陵苏武”的问题，有些古代论诗之书如任昉《文章缘起》、钟嵘《诗品》、皎然《诗式》都说通篇五言的诗歌创于李陵、苏武，梁朝《昭明文选》有《苏武诗四首》，而同为梁朝所编的《玉台新咏》则有九首系于枚乘名下的五言诗。李陵、苏武与枚乘都是西汉人，因此便有了西汉创五言诗的说法。不过，据现代学者的考证，系于李陵、苏武和枚乘名下的五言诗，极有可能不是他们的作品，而是伪作、托名，或流传时窜入他们名下，因年代久远、史料缺乏，也不能断定是何人何时之作。现时学术界流行的说法是：这些诗歌是东汉或汉末创作，大约与《古诗十九首》相当，我们只可以确定，五言诗起于两汉之间。另外，“七言起于汉武《柏梁》”的问题也与“五言起于李陵苏武”相似，学者怀疑是后人拟作，而误系于汉武时代。

在“诗体”开始部分，严羽先论述古诗、格律诗等体裁流变，接下来便讲及诗歌一句中的字数——“言”。“言”是中国古典诗歌的一大特点，可以说是中国诗歌独有的特点，这关系到中国语言“一字一音一义”的特质。因为“一字一音一义”，故此才可以齐言写诗。齐言不只排列好看，它还有节奏停顿、声情及至词性上的效果。譬如四言诗，其节奏通常是“二二”（×× — ××），中间有一个小小的停顿，在很极端的情况下才有“三一”或“一三”，例如“蒹葭—苍苍，白露—为霜”“昔我—往矣，杨柳—依依”。由于两两相对，因此四言诗的声情庄重雍容，有古雅之感，在词语的选配上，经常是“二二”相对。而五言诗呢，其节奏多是“二二一”或“二一二”，如“人闲—桂花—落，夜静—春山—空。月出—惊—山鸟，时鸣—春涧—中”，单音补充或隔开双音，感觉比四言诗活泼得多，而且双音容量较大，可以作并列、偏正等结构，如“人闲”或“春山”。单音的效果非常突出，单音常用作动词、形容词、虚词，因此突出了动态和状态，让事物的情景更生动，“月出惊山鸟”的“惊”便是一例，古人常常在这个地方炼字。

严羽论“言”的缘起似乎根据梁朝任昉《文章缘起》而来，其间误会了某些“言”的起源。他所描述的起源和人物很多已不可考究，这不仅是时代与流传的问题。他所处的时代考证尚未发达，或有讹误。而古书年代久远，佚失实属正常。

二

以时而论，则有建安体汉末年号。曹子建父子及邺中七子之诗①、黄初体魏年号，与建安相接。其体一也②、正始体魏年号。嵇、阮诸公之诗③、太康体晋年号。左思、潘岳、二张、二陆诸公之诗④。

注释

①建安为东汉献帝年号，当时天下大乱，曹操挟天子以令诸侯，据守邺下。曹操、曹丕、曹植称“三曹”，以他们为中心，众多文人聚集，孔融、王粲、陈琳、应玚、徐干、阮瑀、刘桢七人最为突出，称“建安七子”。

②曹丕即位为帝，年号黄初，这时七子都已逝世，剩下曹丕和曹植，黄初体指这二人及其他诗人的共同风格。

③曹丕传位明帝，明帝传位齐王曹芳，正始为曹芳年号。正始体是这时及往后一段时间的诗歌风格，主要诗人为以阮籍、嵇康为首的“竹林七贤”等。

④太康是晋武帝司马炎年号，这里是指西晋诗坛。左思：字太冲，以《三都赋》名震京师，奠定其文学史地位的，是他的《咏史》八首。潘岳：字安仁，据说生得风流倜傥，很受欢迎，他的诗歌辞采华茂。二张：即张载、张协兄弟二人，加之张亢，合称“三张”。二陆：陆机与陆云兄弟，陆

机字士衡，被喻为“太康之英”，其《文赋》以美丽的赋体写成中国古代文学创作理论经典；陆云字士龙，也以诗歌著名。

简评

严羽这里的“以时而论”，就是描绘某一时代的标志性诗风。王国维说“一代有一代之文学”，唐诗、宋词、元曲、明小说……这是以体裁而论，而以时而论，也“一代有一代之诗风”。不过，这显然是一种概括性的论述，是人们对某时期诗歌面貌的“印象”。建安体、正始体、太康体……每一时代中，诗人们其实各有差异，譬如“三曹”便是三种风格，但在“以时而论”中，“××体”所着重的不是差异，而是共同性。时代背景给予诗歌共同的东西，或共同的东西造就某一时代的诗歌，这是一个互为因果的圆环，总之，这里所说的是共性而非差异。

建安体

从建安体开始，严羽阐述了诗坛的发展变化。先秦与两汉都属于古风，仍是一脉相承，真正显示出重大差异的，是汉末建安体，它以三曹七子为代表人物，以五言诗为体裁，共同具有慷慨悲凉、梗概多气的时代特色，后人称之为“建安风骨”。它的语言风格还带点秦汉古直遗风，然而，在气度上，它有着魏晋雄心与乱世风云交织出来的慷慨悲凉，大家看到曹操《步出夏门行·观沧海》的“东临碣石，以观沧海”，便会发现那个时代之大气，情感之激烈。

东临碣石，以观沧海。水何澹澹，山岛竦峙。
树木丛生，百草丰茂。秋风萧瑟，洪波涌起。
日月之行，若出其中。星汉灿烂，若出其里。

幸甚至哉，歌以咏志。

《步出夏门行·观沧海》 曹操

黄初体

建安后，曹丕称帝，国号魏，年号黄初，这时汉末三国大乱初定，可算是较安稳的年代。文学方面，这一时期已失去了建安的慷慨悲凉，较注重辞采，有通俗化的倾向，较著名的诗人是曹植。曹植写的是文人诗，文采和骨气兼备，他是身处建安与黄初的人物，前期有高志，后期因政治原因而收敛，其《美女篇》的文气很盛，文辞华美，是黄初时代的佳作。

美女妖且闲，采桑歧路间。柔条纷冉冉，落叶何翩翩。
攘袖见素手，皓腕约金环。头上金爵钗，腰佩翠琅玕。
明珠交玉体，珊瑚间木难。罗衣何飘飘，轻裾随风还。
顾盼遗光采，长啸气若兰。行徒用息驾，休者以忘餐。
借问女安居，乃在城南端。青楼临大路，高门结重关。
容华耀朝日，谁不希令颜。媒氏何所营，玉帛不时安。
佳人慕高义，求贤良独难。众人徒嗷嗷，安知彼所观。
盛年处房室，中夜起长叹。

《美女篇》 曹植

正始体

诗歌受时代的影响甚深，建安风骨基于时代建立，正始诗歌亦然。正始时期，司马氏掌权，废曹芳、杀曹髦，政治动乱使得人心惶惶，玄学兴起让文人倍生风姿。司马氏的恐怖政治让诗人们深藏志向，他们用寄托而不敢直言，同时又有老庄式的魏晋风度，因此正始诗歌有着内敛而清洌的特质，最重要的诗人是阮籍和嵇康，文学史上有“嵇志清峻，阮旨遥深”之说。

嵇康个性清高，他蒙冤入狱，作《幽愤诗》，但以四言诗成就最高。阮籍生性旷达，但是他的放旷又疑幻失真，这似乎也是为了逃避迫害。他的《咏怀诗》对后世有重大影响。正始诗歌有词旨渊永、寄托遥深的特色。如下面举出的《咏怀诗》其一，这首诗用词和意境都很清雅，几乎称不上“丽辞”，前六句写诗人难寐、寂静孤清之境，后两句才点题：徘徊将何见，忧思独伤心。因为忧思、伤心才睡不着，也因为忧思、伤心，夜景才会那么孤寂，但阮籍为什么忧思伤心呢？诗人没有说明，或者说诗人“不可以”说明，因为说明了可能会招致杀身之祸。诗歌透过意境传递孤清之感受，寄托遥深，这是严羽盛赞的“兴趣”“言有尽而意无穷”的典范。

夜中不能寐，起坐弹鸣琴。
薄帷鉴明月，清风吹我襟。
孤鸿号外野，翔鸟鸣北林。
徘徊将何见，忧思独伤心。

《咏怀诗》其一　阮籍

太康体

“太康体”指的是西晋诗坛，以左思、潘岳、张载、张协、陆机、陆云等为代表人物，除了左思外，太康诗人们都有重视辞采、诗文繁缛的特点，它算是六朝“美文”的发端。这时诗歌语言由汉魏的简朴趋向华丽，句式趋向骈偶，描写越来越繁复，如陆机《拟西北有高楼》，它学习《古诗十九首·西北有高楼》，而在用词遣句上华丽精致得多。在阮籍《咏怀诗》

与陆机《拟西北有高楼》两诗中，大家可以看到从魏中后期到西晋的诗歌变化，魏还是古直的，但诗人们对诗歌自有追求，他们不断学习，不断提升语言的运用能力，这学习和进步一大部分表现于文字功力即排遣辞藻上。太康体代表着中国古典诗歌从古朴到华美的发展阶段，也是一个诗人们积极学习的阶段。

高楼一何峻，迢迢峻而安。绮窗出尘冥，飞陛蹑云端。
佳人抚琴瑟，纤手清且闲。芳气随风结，哀响馥若兰。
玉容谁能顾，倾城在一弹。伫立望日昃，踯躅再三叹。
不怨伫立久，但愿歌者欢。思驾归鸿羽，比翼双飞翰。

《拟西北有高楼》 陆机

元嘉体宋年号。颜、鲍、谢诸公之诗①、**永明体**齐年号。齐诸公之诗②、**齐梁体**通两朝而言之③、**南北朝体**通魏周而言之。与齐梁体一也④。

注释

①元嘉是南朝宋文帝的年号，元嘉体即指南朝宋代这段时间的诗歌。颜：颜延之，字延年。鲍：鲍照，字明远，出身寒微。谢：谢灵运，因袭封康乐公，世称“谢康乐”。颜延之和谢灵运两人先仕东晋，后入宋，并称颜谢。颜鲍谢三人合称“元嘉三大家”。

②永明是南朝齐武帝的年号，永明体出现在永明年间，指沈约等人要求语言美、音律美的诗歌。

③齐梁体：指齐梁二朝，擅描绘、重丽辞、好声律，

吟咏宫廷生活、妇女美貌、咏物写情的诗歌。

④南北朝是一个很长的时间段，南朝有宋、齐、梁、陈，北朝有北魏、东魏、西魏、北齐、北周，即严羽说的“魏周”，前后约一百五十年。

简评

南朝以后，诗文越发精美，用字考究、意象美丽、善于描绘事物的外貌和特征、辞藻色声香味俱全，太康诗歌已有所显现，元嘉、永明、齐梁承继发展。这个尚美的倾向流布整个南北朝时期的南方诗坛，触手可及北朝后期，余波漫延至隋朝及初唐，这就是人们常常说的“六朝美文”。

元嘉体

“元嘉体”是南朝宋文帝前后时期的诗歌，这个时期以“精美”著称，“元嘉三大家”——颜延之、谢灵运、鲍照是代表人物。除“精美”这一共同点外，三人其实各有特色。颜延之诗歌擅描绘、重辞藻、好典故，诗风华丽；谢灵运也擅描绘，但风格清新自然，他以山水诗著名，钟嵘《诗品》引汤惠休说“谢诗如芙蓉出水，颜诗如错采镂金”；而鲍照诗风俊逸奇矫，其乐府诗尤为出色，正是三人的不同之处。

从众多的评论上，可知颜延之是华美诗歌的高手，不过其流传下的作品较少，难以印证这个说法，然而，其他诗人却可以稍稍体现“精美诗歌”的说法。谢灵运以山水诗享誉诗坛，其风格清新自然，但不妨碍他的“精美”，他的精致在于对山水的描绘，一山有一山之奇，一水有一水之姿，描写出其独特的姿态，如《登江中孤屿》“乱流趋正绝，孤屿媚中川”“云日相辉映，空水共澄鲜”，他的描写贴切、生动，让读者透过阅读，与之同游。鲍照的诗也很美，如《梅花落》“摇荡春风媚春日”，这是多么优美的描绘。鲍照诗不只美，还有硬骨头，他写梅花，“念其霜中能作花，露中能作实”“念尔零落逐寒风，徒有霜华无霜质”，他看到梅花的傲华，也叹息梅花不能如霜雪般坚硬，终在寒风中飘零。梅花的傲骨同时也是鲍照《梅花落》的傲骨，在南朝，梅花并未被赋予高洁的品格特征，《梅花落》在鲍照的时代是一种卓见。

元嘉体与其他“以时论诗”的诗体一样，不是显示当中的差异。颜延之浓重，谢灵运自然，鲍照有俊气，三人风格实在不同。元嘉体实际上是表示有这样一个时期，最出色的诗人和围绕着他们的诗人们，这一群人与其前后时间——元嘉前的东晋，元嘉后的齐梁——诗人和诗歌上的区别。元嘉后是永明体、齐梁体，元嘉前是东晋玄言诗。在《沧浪诗话》中，严羽没有提及这个玄言诗的时代，这种诗歌充满玄思哲辨，有魏晋风度与老庄式的清洌，是玄学与诗歌的合流，有些人说它“淡乎寡味”。及到南朝刘宋，玄言诗隐退了，在这个新时代内，人们厌弃了玄言诗，他们要美丽的诗歌，新奇的字眼，他们写物时极力描写，用词要极力追新，这就是元嘉体。

江南倦历览，江北旷周旋。怀新道转迥，寻异景不延。
乱流趋孤屿，孤屿媚中川。云日相辉映，空水共澄鲜。
表灵物莫赏，蕴真谁为传。想象昆山姿，缅邈区中缘。
始信安期术，得尽养生年。

《登江中孤屿》　谢灵运

中庭杂树多，偏为梅咨嗟。
问君何独然？念其霜中能作花，露中能作实。
摇荡春风媚春日。念尔零落逐寒风，徒有霜华无霜质。

《梅花落》　鲍照

永明体

在齐朝永明前后，出现了一个中国古典诗歌史上非常重要的现象，这就是声律的发现以及运用。南朝佛教兴盛，佛典多用梵文，中国的僧人或文士在翻译佛典时需要注意其发音，这样便让人注意起音律来，他们发现中国语言有“平上去入”四声，四声又分“阴阳”“清浊”“轻重”，渐渐地又把音律运用到诗歌上。永明时有好些诗人如沈约、谢朓、王融等以音律入诗，并发明了一些诗歌中音律的规则和避讳，以达到诗歌铿锵、富于音乐美的目的，如沈约说“一简之内，音韵尽殊，两句之中，轻重悉异”，或“平头、上尾、蜂腰、鹤膝”避讳，均为“永明体”的主张。不过，由于文献太少，现在学术界尚不能清楚了解“蜂腰、鹤膝”等的确切所指。

永明诗歌不只要求语言美，还要求声律美，这种始于齐永明年，而延续至后世的新型诗体，与古诗遥遥相对，其实是唐代格律诗的酝酿和先声。谢朓《游东田》便是一个例子，朗读时声音铿锵、抑扬顿挫，甚至其中的对句已有明显的平仄对立，如“远树暖阡阡，生烟纷漠漠”（仄仄仄平平，平平平仄仄），这是中国古典诗歌的崭新尝试。

戚戚苦无悰，携手共行乐。寻云陟累榭，随山望菌阁。
远树暖阡阡，生烟纷漠漠。鱼戏新荷动，鸟散余花落。
不对芳春酒，还望青山郭。

《游东田》 谢朓

齐梁体

南朝有宋、齐、梁、陈四朝，宋有重辞藻的传承，齐永明有对音律的重用，两者加起来，可算是“齐梁体”的特式。

永明体和齐梁体是一脉相承的，只是永明体专指音律，而齐梁体除了音律外，还具有“宫体诗”的含义。齐梁诗人多是宫廷王子、贵族及宫廷文人，如齐朝竟陵王萧子良的文学集团，梁朝萧衍萧统文学集团、萧纲文学集团，他们的诗歌主题集中在展现“美”的事物上，多是吟咏宫廷生活、妇女美貌、咏物写情，非常追求文字的“绮美”，又称“宫体”。因此，齐梁体的含义有两方面，一是永明声律的延续，二是绮丽宫词。如庾肩吾《南苑看人还》，写一个美丽少女，她“春花竞玉颜”“细腰宜窄衣，长钗巧挟鬟”。齐梁体是一种快乐的诗歌，专为娱乐、娱情而写，有时近于猥亵，常被人批评为“没有志向”。

春花竞玉颜，俱折复俱攀。细腰宜窄衣，长钗巧挟鬟。
洛桥初度烛，青门欲上关。中人应有望，上客莫前还。

《南苑看人还》 庾肩吾

南北朝体

“南北朝体”是一个极需注意的概念，严羽说它“与齐梁一也”，表明了在他心目中，南北朝诗等于绮美的齐梁诗，然而这并非事实的全部。南北朝是一个长达一百五十年的时间段，南北风格大异，北朝豪放朴拙，南朝绮细纤丽，当中的变化和交融并非三言两语能概括。对北朝文学进行大量研究和关注，基本上是近代的事，中国古代较重视南朝文学，每每说“南北朝”，重心都偏于南方，这就是为何严羽说南北朝体“与齐梁体一也”的缘故，它是一个经过“选择”和“剔除”后的结果。另外，陈朝国祚很短，文学也沿袭齐梁风气。

关于南北朝诗歌，以下以庾信为例进行说明。他身处南北朝的尾声，由梁入西魏，由南入北，他的《拟咏怀二十七首》“寻思万户侯”，有着“力”与“美”。这首诗写他困守北方，思念南乡，该诗有音律的美，也有语言的美，“残月如初月，新秋似旧秋。露泣连珠下，萤飘碎火流”，其精细的技巧真“与齐梁一也”，不过那简朴而动人的“中夜忽然愁”“何时能不忧”，又有着阮籍《咏怀诗》“夜中不能寐”“忧思独伤心”的情怀，这是“齐梁体”所欠缺的。严羽所说的“南北朝体”似乎代表着南朝对“美到极点的诗歌”之追求和实现，是纯粹艺术风貌上的选取。

寻思万户侯，中夜忽然愁。琴声遍屋里，书卷满床头。
虽言梦蝴蝶，定自非庄周。残月如初月，新秋似旧秋。
露泣连珠下，萤飘碎火流。乐天乃知命，何时能不忧？

《拟咏怀二十七首》其一　庾信

魏晋南北朝是中国古代诗歌史的重要时段。首先，它有独特的诗歌风格，出现了许多名垂千古的大诗人，如曹植、阮籍、陶渊明、谢灵运、鲍照等。其次，它孕育了唐诗。南北朝对诗歌技巧的探索、对美的语言的渴望、对音律的追求，这些巨大的能量储备，最终在盛唐爆发，成为绝美的盛唐花火，可以说唐诗是南北朝数百年诗歌能量的汇集和爆发。

唐初体唐初犹袭陈隋之体①、**盛唐体**景云以后，开元、天宝诸公之诗②、**大历体**大历十才子之诗③、**元和体**元、白诸公④、**晚唐体**⑤。

注释

①唐初：大约是唐高祖李渊至武则天及中宗复位的一百年。陈隋之体：即陈、隋两朝诗风。它们是永明体、齐梁体的余波，因此严羽说“唐初犹袭陈隋之体”，即当时仍旧流行音律、语言皆美的诗歌，也有很多宫廷诗。

②盛唐体：这里指唐睿宗、唐玄宗至唐代宗的诗歌，这是唐代国力、经济最强盛的时代，出现了许多大诗人如李白、杜甫、孟浩然、王维、王昌龄等等。

③大历十才子：大历是唐代宗年号，从此时开始，进入了文学史上的中唐时期。大历十才子的说法不一，流行的是李端、卢纶、吉中孚、韩翃、钱起、司空曙、苗发、崔峒、耿沣、夏侯审十人。

④元和体：元和是唐宪宗年号，也属中唐时期，著名的诗人有白居易和元稹。

⑤晚唐：大约是指唐朝灭亡前的五十至八十年。

简评

唐初体

“唐初体”指唐高祖李渊至武则天及中宗复位此段时间的诗歌。陈隋之体即陈、隋两朝诗风，它们是永明体、齐梁体的余波，因此严羽说“唐初犹袭陈隋之体”，即当时流行的是音律、语言皆美的诗歌，也有很多宫廷诗。

上官仪是唐初的著名诗人，他代表唐初诗歌的特点：华美、宫廷化。《旧唐书》云“上官仪工于五言诗，好以绮错婉媚为本”。这种“绮错婉媚”是齐梁式的，不单语言美，还要求音律美，对仗工整，就如《奉和山夜临秋》一诗，整首诗从头到尾都是对仗，两两相对，十分工整。除了整首诗使用对仗外，用语也很讲究，“云飞送断雁，月上净疏林”，一句中两个动词，云在“飞”并“送”断雁，月在爬“上”并且清“净”了疏林，显得格外别致。

殿帐清炎气，辇道含秋阴。凄风移汉筑，流水入虞琴。
云飞送断雁，月上净疏林。滴沥露枝响，空蒙烟壑深。

《奉和山夜临秋》 上官仪

盛唐体

唐诗的变革其实在初唐已经在酝酿，初唐四杰、陈子昂等人把诗带离六朝齐梁风貌，沈佺期、宋之问等完成“格律诗”的定型，就这样，举世推崇的盛唐诗歌便到来了。说到盛唐，李白、杜甫是不能不提的，他们的风格大异，李白豪放、激情、潇洒大气，如《宣州谢朓楼饯别校书叔云》的首句“弃我去者，昨日之日不可留；乱我心者，今日之日多烦忧”，大有一股“世间舍我其谁”的气势，可以说，它就是盛唐鼎盛国力的反映。李白一直是盛唐诗歌的代表诗人，是盛唐最灿烂和挥洒的一面。相对而言，杜甫代表的不只是盛唐，更是“大汉儒家”，杜甫的诗谨慎，充满人文关怀，无论意境和技巧都很完美，而事实上，除了艺术性外，他还有一种“人性”“利他主义”，如《阁夜》。盛唐诗的特点，是意象丰满，以意象来表达感情，如“抽刀断水水更流，举杯销愁愁更愁”表达长流不息的愁怀，如“五更鼓角声悲壮，三峡星河影动摇”来代表战争的残酷。另一方面，盛唐诗的格局是高大的，有很广阔的时空感觉，李白《宣州谢朓楼饯别校书叔云》写个人情怀，空间上下万里，时间由建安至当下；杜甫《阁夜》由天涯到三峡，由诸葛卧龙到一纸音书。大家不妨将之与上官仪或贾岛的诗歌作对比，他们的诗歌美如一幅画，他们写画里的事情，而盛唐诗人们写的是“上下四方”“古往今来”，这是时代赋予盛唐诗歌的雄浑大气。

另一方面，盛唐也是多样化的，有举世无双的李白、杜甫，有哲思安宁的王维、孟浩然，有策马边塞的高适、岑参，有刚健的王昌龄、崔颢，以及一大批卓绝的诗人。

弃我去者，昨日之日不可留。
乱我心者，今日之日多烦忧。
长风万里送秋雁，对此可以酣高楼。
蓬莱文章建安骨，中间小谢又清发。
俱怀逸兴壮思飞，欲上青天揽明月。
抽刀断水水更流，举杯销愁愁更愁。
人生在世不称意，明朝散发弄扁舟。

《宣州谢朓楼饯别校书叔云》 李白

岁暮阴阳催短景，天涯霜雪霁寒宵。
五更鼓角声悲壮，三峡星河影动摇。
野哭千家闻战伐，夷歌数处起渔樵。
卧龙跃马终黄土，人事音书漫寂寥。

《阁夜》 杜甫

大历体

大历体和元和体都是中唐诗歌，它们经历了盛唐的激情，冷静了不少，甚至，有一种激动过后的寂寞。大历诗风有清雅高逸、寂寞的特点。现在，大历十才子的诗歌散失不少，从仅存的诗歌当中，可以感受到点点孤清。如钱起《送钟评事应宏词下第东归》，已无建功立业的雄心壮志，而是“世事悠扬春梦里，年光寂寞旅愁中”的情怀。

芳岁归人嗟转蓬，含情回首灞陵东。
蛾眉不入秦台镜，鹄羽还惊宋国风。
世事悠扬春梦里，年光寂寞旅愁中。
劝君稍尽离筵酒，千里佳期难再同。

《送钟评事应宏词下第东归》 钱起

元和体

元和体含义存在争议，其说法不一，其中大部分与白居易和元稹有关。元白诗歌较为写实，语言通俗，他们二人是好朋友，经常互相寄予诗歌，唱酬答赠，其他诗人争相仿效，称元和诗。因此，元和体的含义指元和前后的诗歌，或指元和年间元白及仿效者的诗歌，或专指元白二人的唱酬答赠诗。

白居易是元和体的主要诗人，他的诗歌特点是“俗”，这个“俗”表现在语言通俗易懂上，如《舟中读元九诗》的“眼痛灭灯犹暗坐”。大历体的清冷和元和体的俚俗是中唐诗风的一大特色。

把君诗卷灯前读，诗尽灯残天未明。
眼痛灭灯犹暗坐，逆风吹浪打船声。

《舟中读元九诗》 白居易

晚唐体

中唐后是晚唐，这段时间政治萎靡，又有藩镇等问题，诗歌已失去盛唐的朝气与魄力，转为小巧、悲清、孤寂、丽情。

适逢大帝国的没落，文学都有一种哀世情调，所谓“亡国之音哀以思，其民困”。晚唐走了两个极端，一是比中唐更为孤寂奇僻，如贾岛、姚合；一是迷情绮丽，如李商隐、温庭筠。《题李凝幽居》是贾岛的著名诗歌，整首诗围绕着一间幽清的居所，以及附近的景物展开，就像一幅画，画中有屋、月亮、僧人、树、桥、云，所以东西都在画之中，而欠缺盛唐那种“上下四方”“古往今来”的时空，其格局的小巧，不能与盛唐比拼。李商隐是晚唐的一朵奇葩，再没有诗歌比他的诗歌更梦幻，也再没有诗歌比《无题》和《锦瑟》更缥缈，它就在可解与不可解之间，既能感受又不得要领。诗人们都喜爱这些诗歌，宋初西昆派学习它，然而这是属于李商隐的诗歌天才，别人是难以得其精髓的。所谓“晚唐体”，其实由不同的风格构成，严羽使用它时，似乎更着重它的小巧、孤清与绮丽，这些都与唐末的没落情怀相关。

闲居少邻并，草径入荒园。鸟宿池边树，僧敲月下门。
过桥分野色，移石动云根。暂去还来此，幽期不负言。

《题李凝幽居》 贾岛

锦瑟无端五十弦，一弦一柱思华年。
庄生晓梦迷蝴蝶，望帝春心托杜鹃。
沧海月明珠有泪，蓝田日暖玉生烟。
此情可待成追忆，只是当时已惘然。

《锦瑟》 李商隐

本朝体通前后而言之[1]、元祐体苏黄陈诸公[2]、江西宗派体山谷为之宗[3]。

注释

①本朝体：即宋代诗歌的统称，包括宋初较接近“唐音”的时段，苏东坡、黄庭坚诗歌，江西诗派，四灵派，江湖派等等。这里应指与唐诗面貌完全不同的“宋诗”，即“以文字为诗，以议论为诗，以才学为诗”的诗歌。

②元祐：北宋哲宗年号，离宋太祖开国已有一百三十年。苏：苏轼，字子瞻，号东坡居士。黄：黄庭坚，字鲁直，号山谷道人。陈：陈师道，字无己、履常，号后山居士，作诗尚苦吟，诗风艰涩，有“闭门觅句陈无己”之称。

③江西宗派体：学习黄庭坚的诗人们组成的一个横跨北宋与南宋的诗派，其诗风沿袭黄庭坚，详情可见“诗辨七”的注。

简评

《沧浪诗话》中本朝体、元祐体、江西诗派体，所指向的内容其实都差不多，只是其时段有些不同。本朝体指的是整个宋朝，强调的是“宋诗”这种艺术风格，即苏黄等开启的新型诗风。元祐指的是苏轼、黄庭坚、陈师道等人所处的时代，他们的风格各有不同，但“元祐体”三字的意义是确立了“宋诗”的新面貌，而江西诗派体是黄庭坚的后继与发展。

元祐体

苏轼的天才如李白，是难以学习的，而黄庭坚就如杜甫，他罗列了诗法、字句技巧，可因循学习而影响更大。在“诗辨”中，严羽说明了宋诗的特点，那就是“以文字为诗，以才学为诗，以议论为诗”，它是一种比唐诗更冷静老练的诗歌，如同一个经历沧桑的人，激情过后显得平静而深刻。唐诗是“我在桥上看风景”，而宋诗则是“看风景的人在楼上看我”。

苏轼、黄庭坚与陈师道都是元祐体的代表人物，或者说是宋诗的代表人物。从《和子由渑池怀旧》一诗中，可以看到这是一种新颖的诗歌，严羽称它“以议论为诗”，现在称它为“哲理诗”。它包含智慧的火花，而较少激情，在这首诗里，苏轼看到雪地上鸟儿的脚印而引发思考，他把脚印与人生连接起来而发出“人生到处知何似？应似飞鸿踏雪泥”的感叹，人生无常，在地上留下脚印的鸟，不知飞到哪里去了……不过，这诗的好不在于“讲得太过清楚”，而在于让读者感应到雪泥鸿爪与人生的联系，至于联系是怎样的，则是读者的个人理解。

再读黄庭坚的《喜太守毕朝散致政》，便会感到宋诗的另外一些特点，首先它是陌生的，无论是用字遣词还是语句的使用方法，都较为新鲜，它不是“熟语”，运用了很多宋朝的新语言，尤其是佛学语言，如“无妄”“百体”“观”，它有一种不进反退的思想。这首诗说人生苦多，如膏火煎熬，追求功名富贵，不过就像蜗牛两角上的国家在打仗，所有东西都是虚幻，要看透这些，不病于争先抢利，不如学陶潜离开这是非之地。这首诗讲的“退”，是一种心灵上的退，有浓厚的佛学味道。“膏火煎熬”“就阴息迹”“蜗角”等化用了《庄子》寓言故事，大抵都是说人间纷争实是自招自找，这是用典。这两首诗表现了宋诗的才学与思辨特质。

人生到处知何似？应似飞鸿踏雪泥。
泥上偶然留指爪，鸿飞那复计东西？
老僧已死成新塔，坏壁无由见旧题。

往日崎岖还记否？路长人困蹇驴嘶。

《和子由渑池怀旧》 苏轼

胥火煎熬无妄灾，就阴息迹信明哉。
功名富贵两蜗角，险阻艰难一酒杯。
百体观来身是幻，万夫争处首先回。
胸中元有不病者，记得陶潜归去来。

《喜太守毕朝散致政》 黄庭坚

江西诗派体

江西诗派沿袭了苏黄尤其是黄庭坚的路子，不过，这横跨北南两宋的诗派其实有许多变化，它的底色是苏黄，但也会推陈出新。陈与义是江西诗派的重要诗人，大家可以看看他的《襄邑道中》，这首诗是简洁的，有着一种生活的趣味。诗人在船上看云，云不动，因为他与云一起移动，颇有“相对论”的味道，这就是宋诗的“趣”，一种理性、思辨式的趣味。唐诗感情充沛，相对而言，宋诗较少激越的情感，从这首诗可感受一二。

飞花两岸照船红，百里榆堤半日风。
卧看满天云不动，不知云与我俱东。

《襄邑道中》 陈与义

三

以人而论，则有苏李体李陵、苏武也①、曹刘体子建、公干也②、陶体渊明也③、谢体灵运也④、徐庾体徐陵、庾信也⑤。

注释

①见“诗体一”。

②曹：曹植，字子建，汉献帝建安至魏文帝黄初时代诗人。刘：刘桢，字公干，建安七子之一。两人以五言诗见长，合称“曹刘”。

③陶：陶渊明，又名陶潜，字元亮，号五柳先生，生活于东晋与南朝宋易代之际，以田园诗著名。

④灵运：即谢灵运，因袭封康乐公，世称“谢康乐”，生活于东晋与南朝宋易代之际，以山水诗著名。

⑤徐：徐陵，字孝穆，南朝梁陈间的诗人，为齐梁宫体诗人之一。庾：庾信，字子山，早期为齐梁宫体诗人，四十二岁出使北朝，被西魏羁留。

简评

“以时而论”是标举一时一代的主要诗歌风格，“以人而论”则是诗人个体诗歌风格的特征。凡伟大的诗人都有独特的诗风，仿如他们的特殊相貌，人们一眼便能辨识，如陶体的“冲淡自然”。另外，合称者所表示的，是诗人们诗歌中相近的部分，如“徐庾体”是因为两人都是绮丽多情的诗风。

曹刘体

现存的苏武李陵诗歌，很可能是伪作，因此在此不赘述，这里从“曹刘体”开始。曹刘指的是曹植和刘桢，两人以有“骨气”的五言诗著称，如曹植《杂诗》所表达的为国效力之志，与刘桢《赠从弟》中松柏在寒冬中傲立的心志。

仆夫早严驾，吾行将远游。远游欲何之，吴国为我仇。
将骋万里涂，东路安足由。江介多悲风，淮泗驰急流。
愿欲一轻济，惜哉无方舟。闲居非吾志，甘心赴国忧。

《杂诗》其一　曹植

亭亭山上松，瑟瑟谷中风。风声一何盛，松枝一何劲。
冰霜正惨凄，终岁常端正。岂不罹凝寒？松柏有本性。

《赠从弟》其一　刘桢

陶体

“陶体”指陶潜的冲淡自然并含有哲理之诗歌。《饮酒》诗有陶体的代表性意象，如清雅的菊花，自然而“无车马喧”的幽静生活，“采菊东篱下，悠然见南山”的生活哲趣。

结庐在人境，而无车马喧。
问君何能尔？心远地自偏。
采菊东篱下，悠然见南山。
山气日夕佳，飞鸟相与还。
此还有真意，欲辨已忘言。

《饮酒》其五　陶潜

谢体

“谢体”指的是谢灵运描绘清新自然的诗歌，当中大部分是山水诗。《郡东山望溟海诗》写的是在春天白昼，谢灵运游山玩水，眺望海洋，他“策马”走过充满椒蕙、紫翘等花草之处，最后感受到大自然的安静。《郡东山望溟海诗》的语言较难解读，原因在于他的描写精细，以及古今用字相异。很多时，谢体山水诗大都在精心绘画山水姿态后，拖着一条玄言哲理的尾巴。

开春献初岁，白日出悠悠。
荡志将愉乐，瞰海庶忘忧。
策马步兰皋，绁控息椒丘。
采蕙遵大薄，搴若履长洲。
白花皜阳林，紫翘晔春流。
非徒不弭忘，览物情弥遒。
萱苏始无慰，寂寞终可求。

《郡东山望溟海诗》　谢灵运

徐庚体

徐陵和庚信两人同为齐梁宫体诗人，风格靡丽。但庚信比较特别，他四十二岁时出使北朝，被西魏羁留，终身想念故国，诗风转为苍劲悲凉。这里的“徐庚体”是指两人作为宫体诗人的绮丽纤细、咏物多情的诗风。如《长相思》，诗歌诉说一位佳人的心事，她的爱人远戍边境，去到皋兰、龙城，她盼他归来盼到消瘦，“衣带自然宽”。《奉和赐曹美人》则是写一位宫廷美女“曹美人”，她如何美丽，她的夜晚有“月光”“秋露”“流萤”，她含笑如“芙蓉”。徐庚体很有情诗情词的风调。

长相思，望归难，传闻奉诏戍皋兰。
龙城远，雁门寒，愁来瘦转剧。
衣带自然宽，念君今不见，谁为抱腰看。

《长相思》其一　徐陵

月光如粉白，秋露似珠圆。
络纬无机织，流萤带火寒。
何年迎弄玉，今朝得梦兰。
讶许能含笑，芙蓉宜熟看。

《奉和赐曹美人》　庾信

沈宋体佺期、之问也[①]、**陈拾遗体**陈子昂也[②]、**王杨卢骆体**王勃、杨炯、卢照邻、骆宾王[③]、**张曲江体**始兴文献公九龄也[④]、**少陵体**[⑤]、**太白体**[⑥]。

注释

①沈：沈佺期。宋：宋之问。主要活动于武后、中宗时期。

②陈子昂：字伯玉，初唐诗人，主要活动于武后时期，比王杨卢骆略晚，官至拾遗，故又称陈拾遗。

③王杨卢骆：王勃、杨炯、卢照邻、骆宾王，初唐诗人，主要活动于高宗、武后时期，并称“初唐四杰”。

④九龄：即张九龄，字子寿，韶州曲江人，故称张曲江，初唐诗人，主要活动于中宗、玄宗时期。历官中书舍人、中书侍郎、尚书右丞相，封始兴县伯，谥号“文献”，因此，始兴、文献公、曲江都是指张九龄。

⑤少陵：即杜甫，字子美，号少陵野老。杜甫为盛

唐诗人，历玄宗、肃宗、代宗三朝，其诗有“诗史”之称。

⑥太白：即李白，字太白，号青莲居士，为盛唐诗人，与杜甫同时。

简评

沈宋体

“沈宋体”指沈佺期、宋之问的诗歌，也指他们所确立的“格律诗”。它所代表的并不全是两人的风格，更多的是平仄、音律、句法等“格律”。如宋之问的《渡汉江》，它是一首五言绝句，完全合乎五绝的“格律”：四句二十字，押平声韵，平仄是为“仄起式”（仄仄平平仄，平平仄仄平。平平平仄仄，仄仄仄平平），“近乡情更怯”的“近”，因为“一三五不论”而可平可仄。

岭外音书断，经冬复历春。近乡情更怯，不敢问来人。
上去平平去，平平入入平。去平平去入，入上去平平。

《渡汉江》 宋之问

陈拾遗体

陈子昂反对齐梁至初唐过于雕琢绮丽的诗风，提出诗文复古，“陈拾遗体”指有汉魏古风的诗歌。在初唐崇尚绮丽的背景下，他的作品显得非常“古朴”、有味道，如这一首诗：

前不见古人，后不见来者。
念天地之悠悠，独怆然而涕下。

《登幽州台歌》 陈子昂

王杨卢骆体

“王杨卢骆体”这一含义的界定有点麻烦，因为它是四人的合称，并且是介于“绮丽多情”与“古朴”之间的风格。这一风格的提出也有历史的原因——初唐崇尚宫体华词，而许多人不满于此而高呼复古——王杨卢骆夹在中间，他们在初唐并不那么“绮错婉媚”，有一点古意，但又美音律好语言，如同《羁春》有“春事”“花飞”，但这又是“客心千里倦”的思隐之情。

客心千里倦，春事一朝归。
还伤北园里，重见落花飞。

《羁春》 王勃

张曲江体

“张曲江体”指的是张九龄语言简洁、有韵味的诗风。如《答陆澧》写张九龄为了答谢陆澧，千里踏雪送酒而去，语言简白，但意味绵长。

松叶堪为酒，春来酿几多。
不辞山路远，踏雪也相过。

《答陆澧》 张九龄

少陵体

“少陵体”指的是杜甫语言精练、意义深远、充满人文关怀的诗歌。杜甫在中国古典诗歌中具有宗师地位，这是由于他的诗歌深、沉、技巧完美、内容儒健。譬如被喻为“第一快诗”的《闻官军收河南河北》，它写杜甫知道大唐已收复“蓟北”，战争结束，他激动得落泪了，后来又转为“喜欲狂”，因此“白日放歌须纵酒，青春作伴好还乡”，他要回去，快得“即从巴峡穿巫峡，便下襄阳向洛阳”。这首诗的内容、转折、用词、节奏等，都显示了杜甫的才华。

剑外忽传收蓟北，初闻涕泪满衣裳。
却看妻子愁何在？漫卷诗书喜欲狂。
白日放歌须纵酒，青春作伴好还乡。
即从巴峡穿巫峡，便下襄阳向洛阳。

《闻官军收河南河北》 杜甫

太白体

李白诗歌豪放飞扬，气势盛大，想象丰富，贺知章称他作“谪仙人”。“太白体”指的是李白独有的、天才式的、上天下地的豪放诗情。如《短歌行》，它写人生短暂而天地绵长，见麻姑已老，玉女巧笑天上，李白要抱龙驾车，与龙喝酒，度过时光。这里有李白的代表性内容：人生苦短、天地漫长、豪情挥洒、美酒幻想（玉女、龙），如此大开大合的诗歌是中国古代少见的。

白日何短短，百年苦易满。
苍穹浩茫茫，万劫太极长。
麻姑垂两鬓，一半已成霜。
天公见玉女，大笑亿千场。
吾欲揽六龙，回车挂扶桑。
北斗酌美酒，劝龙各一觞。
富贵非所愿，与人驻颜光。

《短歌行》 李白

高达夫体高常侍适也[①]、孟浩然体[②]、岑嘉州体岑参也[③]、王右丞体王维也[④]、韦苏州体韦应物也[⑤]、韩昌黎体[⑥]、柳子厚体[⑦]、韦柳体苏州与仪曹合言之[⑧]。

注释

①高常侍适：即高适，字达夫，盛唐诗人，历玄宗、肃宗、代宗三朝，官至左散骑常侍，故称高常侍，封渤海县侯。曾远出边疆，以边塞诗著名。

②孟浩然：盛唐诗人，襄阳人，终身未仕。

③岑参：盛唐诗人，历数官后，出为嘉州刺史，故称岑嘉州，曾两次出塞。

④王维：字摩诘，盛唐诗人，官至尚书右丞，故称王右丞。精绘画、通音律、好佛理，是著名的山水诗人，苏轼称他的诗歌“诗中有画，画中有诗”。

⑤韦应物：盛唐至中唐诗人，官至苏州刺史。诗歌属山水田园派。

⑥韩昌黎：即韩愈，字退之，中唐诗人，自称郡望昌黎，故称韩昌黎，大力提倡古文运动，为“唐宋八大家”之一。

⑦柳子厚：即柳宗元，字子厚，中唐诗人，为“唐宋八大家”之一。

⑧仪曹：即柳宗元，他曾任礼部员外郎、礼部郎官，世称仪曹。

简评

高达夫体

高适是盛唐诗人中唯一做到高官并封侯的人，他曾远出边塞，“高达夫体”即指他的边塞诗。诗歌写悲凉战事，具异域风情，有杀敌豪情，通常具有色彩浓厚的意象，如《塞上听吹笛》。

雪净胡天牧马还，月明羌笛戍楼间。
借问梅花何处落，风吹一夜满关山。

《塞上听吹笛》　高适

孟浩然体

“孟浩然体”指孟浩然自然平淡的诗歌，有山水风貌、人生哲理。如《北涧泛舟》所描写的涧流情态，最后“沿洄自有趣，何必五湖中”，说天地五湖与小涧大小不同，却各具情趣，有着一种高远的格调。

北涧流恒满，浮舟触处通。
沿洄自有趣，何必五湖中。

《北涧泛舟》　孟浩然

岑嘉州体

岑参曾两次出塞，以边塞诗著名，他与高适合称“高岑”。因此，“岑嘉州体”与“高达夫体”类似，都是指慷慨豪情的边塞诗。

黑姓蕃王貂鼠裘，葡萄宫锦醉缠头。

关西老将能苦战，七十行兵仍未休。

《胡歌》 岑参

王右丞体

“王右丞体”指王维自然、静逸的山水诗，与孟浩然体相似，不同之处在于，孟浩然比王维多一点“人气”，王维诗中的山水更有一种超脱尘世的味道，在山水中体悟哲理，似乎与他学佛有关，他也被称为“诗佛”。

木末芙蓉花，山中发红萼。
涧户寂无人，纷纷开且落。

《辛夷坞》 王维

韦苏州体

韦应物也是自然一派，有些人称他遥接陶潜，近于王维。他的诗写自然景物、隐逸生活，也有一点“人气”。

怀君属秋夜，散步咏凉天。
空山松子落，幽人应未眠。

《秋夜寄丘二十二员外》 韦应物

韩昌黎体

“韩昌黎体”是有力的诗歌，韩愈以赋的手法入诗，其诗有雄奇险怪的风格，多有雄壮的意象和奇怪的联想。如《龙移》一诗，写山下一个水潭，忽然没有了，他把水潭比喻为龙，龙移动时“天昏地黑”“雷惊电激”，最终水化为土，最后一句很有古文之气，“吁可悲”是赋或古诗常用的语言方式。

天昏地黑蛟龙移，雷惊电激雄雌随。
清泉百丈化为土，鱼鳖枯死吁可悲。

《龙移》 韩愈

柳子厚体　韦柳体

柳宗元诗歌以山水为主，偏爱清冷意象，又有淡泊的一面。“柳子厚体”指的是他写自然山水而运思精密、创造出峻洁境界的诗歌，很有以诗喻人格的味道，如《江雪》中孤绝的蓑笠翁，不正是孤高人格的象征吗？另外，由于韦应物与柳宗元时代差不多，他们风格也相近，因此有些诗论把他们并列在一起，这就是“韦柳体”的由来。

千山鸟飞绝，万径人踪灭。
孤舟蓑笠翁，独钓寒江雪。

《江雪》柳宗元

李长吉体①、李商隐体即西昆体也②、卢仝体③、白乐天体④、元白体微之、乐天，其体一也⑤。

注释

①李长吉：即李贺，字长吉，中唐诗人，为唐宗室后裔，但生活很落魄。

②李商隐：字义山，号玉溪生、樊南生，晚唐诗人，生活于“牛李党争”时期。宋初杨亿、刘筠等学其风格，一时朝野效之，称“西昆体”。

③卢仝：号玉川子，中唐诗人，约与韩愈同时，好茶，

其诗险怪，风格奇特。

④白乐天：即白居易，字乐天，号香山居士，中唐诗人，诗歌语言通俗，他强调诗歌有现实教化功能，写了许多讽喻诗，称“新乐府”，不过他的感伤和闲适诗最受人喜爱，如《长恨歌》。

⑤微之：元稹，字微之，中唐诗人，与白居易为好友。

简评

李长吉体

“李长吉体”是指李贺的诗风，他的诗歌想象奇诡，用语奇特，风格幽冷凄迷，是中国古代少有的风格。他不只冷清，还“阴暗”，用字新奇甚至怪异，想象也是鬼鬼怪怪，《湘妃》明明是写女神，但这里却描述得像女鬼一样，说“老不死”“九山静绿”“幽愁秋气”“凉夜吟龙”。而且，“李长吉体”擅写奇怪的感觉与浓烈的颜色，如“九山静绿泪花红”，“绿”明明是色彩，“静”明明是听觉，他偏偏放在一起成为“静绿”，而“静绿”了又“花红”，色彩张扬，情调与手法颇为离经叛道，所以李贺的诗在古代被很多人批评，他更有“诗鬼”之称。

筠竹千年老不死，长伴秦娥盖湘水。
蛮娘吟弄满寒空，九山静绿泪花红。
离鸾别凤烟梧中，巫云蜀雨遥相通。
幽愁秋气上青枫，凉夜波间吟古龙。

《湘妃》 李贺

李商隐体

李商隐的咏史诗与抒情诗都写得很好，他的咏史诗很有力道，也很精美，如《隋宫》“乘兴南游不戒严，九重谁省谏书函。春风举国裁宫锦，半作障泥半作帆”，不过他的抒情诗更为著名，如《无题》。李商隐的诗歌用语精警，对仗工整，华丽缠绵，他的抒情诗之朦胧多情更是一绝。如下面的诗歌，它的一个最大特点，莫过于“难解”，我们不知道“身无彩凤双飞翼”与喝酒、玩射覆游戏以及做官有什么关系，但这首诗就是说这些东西，他的想象非常跳跃。李商隐的诗语言太精美了，这精美浑然天成，没有生硬做作之感，因而受到很多人喜爱，也有很多人模仿，如“西昆体”。不过，这份浑然天成的精美似乎是上天赐予他的独特才华，模仿者大都只得其形而无其神髓。

昨夜星辰昨夜风，画楼西畔桂堂东。
身无彩凤双飞翼，心有灵犀一点通。
隔座送钩春酒暖，分曹射覆蜡灯红。
嗟余听鼓应官去，走马兰台类断蓬。

《无题》 李商隐

卢仝体

卢仝诗歌的“怪”也是中国古代少见的，因此他与李贺一样受到很多古人的批评。“卢仝体”主要是意念、题材上的“怪”，如《竹请客》写一根竹子，它的主人要搬家，因此它也要跟着搬家，嚷着要报答主人的恩惠。除了这首《竹请客》，他也写了另一首《客请竹》，以作为主人的回答。他又写《石请客》、月蚀、虾蟆等等，意念和写法新奇有趣。如果他生在现代，这种偏锋说不定会使他成为潮流创意人物。

我本泰山阿，避地到南国。主人欲移家，我亦要归北。
上客幸先归，愿托归飞翼。唯将翛翛风，累路报恩德。

《竹请客》 卢仝

白乐天体

“白乐天体”主要是指白居易诗歌的清新，以及其通俗的语言特色。白居易对中唐和后世影响很大，他虽然高举现实教化的讽喻诗，但艺术成就最高的却是闲适诗和酬唱诗。他的诗风虽然平易，但依然有韵味，如《杨柳枝词》，这首诗写一个在“永丰西角”的女子，“属阿谁”是问语，问那春树金枝的美属于谁？即是那个女子了。诗的语言很简单，“永丰西角荒园里，尽日无人属阿谁？”甚至近于口语，但春风和金丝依然让读者感到很有诗意。

一树春风千万枝，嫩于金色软于丝。
永丰西角荒园里，尽日无人属阿谁？

《杨柳枝词》 白居易

元白体

至于“元白体”，即白居易和元稹的诗歌风格，严羽说两人“其体一也”，应是指两人一同提倡“新乐府”，风格较平易，而且两人经常有诗歌酬唱往来，当中更有和韵，后人纷纷仿效。譬如白居易做了一个梦，写诗告知元稹，元稹即以《和乐天梦亡友刘太白同游二首》回应。

君诗昨日到通州，万里知君一梦刘。

闲坐思量小来事，只应元是梦中游。

《和乐天梦亡友刘太白同游二首》其一　元稹

杜牧之体[①]、张籍王建体谓乐府之体同也[②]、贾浪仙体[③]、孟东野体[④]、杜荀鹤体[⑤]。

注释

①杜牧之：即杜牧，字牧之，晚唐诗人，与李商隐并称“小李杜”，以咏史诗最为著名。

②张籍：字文昌。王建：字仲初。两人皆为中唐诗人，擅乐府诗。

③贾浪仙：即贾岛，字浪仙、阆仙，晚唐诗人，以诗歌“苦吟”著名。

④孟东野：即孟郊，字东野，中唐至晚唐诗人，与贾岛一样以“苦吟”著名。

⑤杜荀鹤：字彦之，号九华山人，诗歌语言通俗，以宫词最著名。

简评

杜牧之体

对于杜牧，大家的印象可能停留在“十年一觉扬州梦，赢得青楼薄幸名”的风流诗人身上，其实杜牧的咏史诗是很著名的，其诗歌雄姿英发，并能从另一角度思考历史。如这首《赤壁》，它从反面描写赤壁之战，如果东风不起，不能火烧连环船，那么美丽的大小二乔便会落入曹操之手，从这首诗，大家可以想到他对于历史事件“一子错，满盘皆落索”的感叹。

折戟沉沙铁未销，自将磨洗认前朝。
东风不与周郎便，铜雀春深锁二乔。

《赤壁》 杜牧

张籍王建体

“张籍王建体”指的是两人的乐府诗，但似乎并不指两人的共同风格，王世贞《艺苑卮言》评“张籍善言情，王建善征事”，因此这“体”似乎更指身处中唐的两诗人“擅乐府之声”这一件事。乐府是歌，很有音律感，大家可看看下面这首诗，它写一位有夫之妇受到他人追求，感激追求者而忠贞于丈夫，最后“还君明珠双泪垂，恨不相逢未嫁时”，充满了矛盾的感情。

君知妾有夫，赠妾双明珠。
感君缠绵意，系在红罗襦。
妾家高楼连苑起，良人执戟明光里。
知君用心如日月，事夫誓拟同生死。
还君明珠双泪垂，恨不相逢未嫁时。

《节妇吟寄东平李司空师道》 张籍

贾浪仙体

在《沧浪诗话》中，经常提到贾岛，这是由于北宋初和南宋末都有人学习贾岛诗歌。“贾浪仙体”指的是一种清幽而宁静的诗风，且常常与僧人、山林联系在一起。如《寄无可上人》就是一首写给僧人的诗，内容偏于清静，甚至有点深山寂寞之感，虽然看起来是很清瘦的诗，但用字很讲究，每个字都要求贴切、有表现力，为了追求一字而苦苦思索，因此“贾浪仙体”也是“苦吟”的代表。

僻寺多高树，凉天忆重游。磬过沟水尽，月入草堂秋。
穴蚁苔痕静，藏蝉柏叶稠。名山思遍往，早晚到嵩丘。

《寄无可上人》　贾岛

孟东野体

“孟东野体”也是孤清的，苏轼有“郊寒岛瘦”之语，他的诗较贾岛更感觉苦涩，这种孤清更指人内心的孤独清苦，而非单单是景物上的清冷。如《苦寒吟》的天寒、北风、厚冰、冷光，不只是景物的冷，而且更有“苦调竟何言”这心上的寒。

天寒色青苍，北风叫枯桑。厚冰无裂文，短日有冷光。
敲石不得火，壮阴夺正阳。苦调竟何言，冻吟成此章。

《苦寒吟》　孟郊

杜荀鹤体

杜荀鹤擅写宫词以及描写思念情感的诗，“杜荀鹤体”似乎是指这些诗中的腴丽意象以及缠绵绕肠的相思。

三湘月色三湘水，浸骨寒光似练铺。
一夜塞鸿来不住，故乡书信半年无。

《湘江秋夕》　杜荀鹤

东坡体、山谷体、后山体[1] 后山本学杜，其语似之

者但数篇，他或似而不全，又其他则本其自体耳、王荆公体[②]、公绝句最高，其得意处，高出苏黄陈之上，而与唐人尚隔一关、邵康节体[③]、陈简斋体[④]陈去非与义也，亦江西之派而小异、杨诚斋体[⑤]其初学半山、后山，最后亦学绝句于唐人，已而尽弃诸家之体，而别出机杼，盖其自序如此也。

注释

①东坡：苏轼。山谷：黄庭坚。后山：陈师道。

②王荆公：即王安石，字介甫，号半山，因封荆国公，世称王荆公，北宋诗人。

③邵康节：即邵雍，字尧夫，谥号康节，北宋理学家，也写诗。

④陈简斋：即陈与义，字去非，号简斋，生于北宋与南宋交替时代，是江西诗派的重要成员。

⑤杨诚斋：即杨万里，字廷秀，号诚斋，南宋诗人，是“中兴四大诗人”之一。

译文

东坡体、山谷体、后山体（陈师道本来学习杜甫，他有数篇诗歌语言似杜，其他或相似而不全面，又其他诗歌则本源于他自身的诗风）、王荆公体（王安石的绝句最高超，他诗之得意之处，比苏轼、黄庭坚还高明，而与唐朝诗人还是隔了一重关卡）、邵康节体、陈简斋体（陈与义,亦属江西诗派但有少许差异）、杨诚斋体（他初期学习王安石、陈师道，最后亦学习唐诗人绝句，后而尽抛弃各大诗人的诗体，而别出为个人风格，他的诗集自序如此写道）。

简评

东坡体

苏轼的诗有新奇、豪放、哲理、意象宏大等特点，其气势如“大江东去，浪淘尽，千古风流人物”。东坡体是他那独特的天才式诗歌，写人未写，也写人不能写。如《望湖楼醉书》“黑云翻墨未遮山”，四句把“风起云涌”至“风散云静”都写完了，笔墨意象立于纸上，可见其气势之大。

黑云翻墨未遮山，白雨跳珠乱入船。
卷地风来忽吹散，望湖楼下水如天。

《望湖楼醉书》其一　苏轼

山谷体

《沧浪诗话》多次提及黄庭坚，说明了他对两宋诗坛影响之大。山谷体是生新硬瘦的才学之诗，对于现代读者来说，它比唐诗和东坡诗都要难理解，《登快阁》算是较容易理解的了，然而，它也使用了好几个典故，如“痴儿了却”运用《晋书》，“朱弦绝”是伯牙碎琴，“青眼”是阮籍故事。山谷体的诗意之新颖、语言之奇、平仄之拗是出了名的，如“诗辨”所举的例子。

痴儿了却公家事，快阁东西倚晚晴。
落木千山天远大，澄江一道月分明。
朱弦已为佳人绝，青眼聊因美酒横。
万里归船弄长笛，此心吾与白鸥盟。

《登快阁》　黄庭坚

后山体

后山体指的是陈师道枯硬而艰涩的诗风。陈师道品格清高，但家境贫困，身体似乎也不太好，他的诗常常有一种灰暗而潦倒的感觉，加上他喜欢较偏僻的文字和用法，如“断墙着雨蜗成字”“雷动蜂窠趁两衙”，让人难以理解。《晦日》没有那么难懂，不过仍然是“枯硬”的，它写人老花微，又写古今南北之异，最后写食蔬而瘦，饱食未肥，全首诗没有什么激情。在陈师道的诗中，多次出现“病”与“瘦”，这样的心境实在非常有趣。

人老时情薄，春深花意微。暄寒南北异，风俗古今违。
即事无同异，旁观有是非。食蔬如许瘦，饱肉未须肥。

《晦日》 陈师道

王荆公体

王安石是北宋名臣，在政治上以变法著称，他不仅是著名的政治家，更是著名的诗人，尤其是他晚年退出政坛后的诗歌，诗律精严，有着一种深然的韵味。东坡诗很多时快而外露，而荆公诗却是含蓄的；山谷诗生新深涩，而荆公诗则平易有情致，因此严羽说他“其得意处，高出苏黄之上”。大家可看他的《梅花》诗，当然严羽认为他再高也高不过唐诗，则是严羽的“惟在盛唐”诗观作祟。

墙角数枝梅，凌寒独自开。
遥知不是雪，为有暗香来。

《梅花》 王安石

邵康节体

邵康节体是指邵雍那种语言有点口语化，充满生活情趣，有时还带点理学味道的诗歌。邵雍是理学家，以儒学著名，他有一些诗也以理入诗。不过他的诗歌更多的是“自得其乐”，抒发、表达生活中的点点乐趣，因此他的诗歌很可爱。如《盆池》诗，有点口语化，但非常可爱，诗歌很平易，流露出点点趣味。

三五小圆荷，盆容水不多。虽难大薮泽，亦有小风波。
粗起江湖趣，殊无鸳鸯过。幽人兴难遏，时绕醉吟哦。

《盆池》 邵雍

陈简斋体

陈与义是江西诗派的传人，他诗歌的手法和格局是江西诗派的，不同在用典上没有那么艰深，力图避免艰深拗硬的缺点，因此严羽说“亦江西之派而小异”。他生于南北宋交替之时，对国破家亡感受特别深刻，诗歌中有很多爱国情绪。“陈简斋体”大抵是严羽较能接受的一种江西诗体吧。《牡丹》写这种名花来自胡地，长路漫漫入汉关，龙钟老人在溪边风里观看它，诗中有着一种深沉的历史感。

一自胡尘入汉关，十年伊洛路漫漫。
青墩溪畔龙钟客，独立东风看牡丹。

《牡丹》 陈与义

杨诚斋体

杨万里是一个很特别的诗人，他的经历就像南宋诗坛的经历，首先他也如其他人一样，学习黄庭坚、陈师道的诗歌，渐渐他发现了这些诗歌的弊端，之后他又转学较接近唐音的王安石，最后又转学唐诗，不过，最终他悟到要形成自己的诗风，因而成就了一种清新简单、浅白如口语而又充满生活趣味的诗歌，如《小池》。当然，缺点则是有时太过简单俚俗。他的经历“由繁至简”，可以说，“杨诚斋体”是“简单就是美”的代表。

泉眼无声惜细流，树阴照水爱晴柔。
小荷才露尖尖角，早有蜻蜓立上头。

《小池》 杨万里

四

又有所谓选体[①]选诗时代不同，体制随异，今人例谓五言古诗为选体，非也、柏梁体[②]汉武帝与群臣共赋七言，每句用韵，后人谓此体为柏梁体、玉台体[③]《玉台集》乃徐陵所序，汉魏六朝之诗皆有之。或者但谓纤艳者为玉台体，其实则不然、西昆体即李商隐体，然兼温庭筠及本朝杨刘诸公而名之也[④]、香奁体韩偓之诗[⑤]，皆裾裙脂粉之语，有《香奁集》、宫体[⑥]梁简文伤于轻靡，时号宫体，其他体制尚或不一，然大概不出此耳。

注释

①选体：南朝梁武帝的长子昭明太子，雅好文学，他率领一群文人编纂了一部诗文选集，称《昭明文选》，简称《文选》或《选》，内容包括先秦至梁的诗、骚、赋、文、表、颂、檄等等，共三十卷，一百三十家的作品，是历来诗人的重要读物。李白、杜甫等诗人多效《选》诗，故有“选体”之名。

②柏梁体：传说汉武帝与臣子于柏梁台宴会，一人写一句诗，每一句都需押韵，合成一首，称柏梁体。

③玉台体：南朝梁代徐陵编纂的一部诗歌总集，叫《玉台新咏》，收录汉代至南梁有关爱情的诗歌。

④温庭筠：字飞卿，晚唐诗人，工绮丽缠绵之诗词，与李商隐并称“温李”。

⑤韩偓：字致尧，晚唐诗人，他有很多诗作，有咏史、

时事之诗，但最著名的是其《香奁集》。

⑥宫体：即齐梁体及后来那些风格绮丽纤细，有关宫廷、妇女、咏物的诗歌的别称。

译文

又有所谓选体（《昭明文选》的诗歌时代各有不同，体制各有差异，现在的人例称五言的古体诗为“选体”，这是不对的）、柏梁体（汉武帝与群臣合作写七言诗，每一句都押韵，后世的人称此诗体为柏梁体）、玉台体（《玉台新咏》乃是徐陵所编纂，汉、魏、六朝的诗歌都有，有些人仅把纤细艳丽的诗称作玉台体，其真实情况并非如此）、西昆体（即李商隐体，然而也兼温庭筠和本朝杨亿、刘筠等诗人而合称）、香奁体（韩偓的诗歌，都是有关妇女裙裾脂粉的语言，有《香奁集》）、宫体（梁朝简文帝的诗歌伤于轻靡，号称“宫体”，其他的体制或许有不一样的地方，然而大概也逃不出这样的体式了）。

简评

这里的“选体”“玉台体”“香奁体”都来自诗文集或诗歌集，这些“集”的影响力很大。由于古代诗人通常通过阅读来学习写诗，这些诗文集有大量的诗歌和文章，诗人们能模仿学习。比如《昭明文选》，里面包括了秦汉至南梁一百三十家的作品，数量多达三十卷，文类众多，读它能饱览各家之长，因此，可以算是古代诗人的必修课本。

另一方面，也有专类之集，如《玉台新咏》《香奁集》。《玉台新咏》由南梁徐陵编纂，他在序中说此集宗旨是“选录艳歌”,不过,这“艳歌”似乎是指男女闺情,其内容有香艳之作,也有朴实之诗。在中国古代,“玉台”几乎是艳情诗的代称,严羽便指出其内容不单是艳情诗。韩偓《香奁集》收录一百首恋情、相思、离愁等诗歌,风格绮丽细腻。这些诗集的名称被“体”化了,如“玉台体”“香奁体”,以代表其内容风格。基本上,在中国古典诗歌里,玉台、西昆、香奁、宫体指的都是相类似的诗歌,即是绮丽的咏物、抒情诗。

五

又有古诗，有近体[①]即律诗也，有绝句，有杂言[②]，有三五七言自三言而终以七言，隋郑世翼有此诗："秋风清，秋月明。落叶聚还散，寒鸦栖复惊。相思相见知何日，此时此夜难为情。"[③]，有半五六言晋傅玄《鸿雁生塞北》之篇是也[④]，有一字至七字唐张南史《雪》《月》《花》《草》等篇是也[⑤]。又隋人应诏有三十字诗，凡三句七言，一句九言，不足为法，故不列于此也。

注释

①近体：即唐代沈、宋确立的"格律诗"，"律诗"是"格律诗"的统称。五言绝句、五言律诗、七言绝句、七言律诗等都是"格律诗"。

②杂言：即句数长短不一的诗歌。

③有些版本无"秋风清"以下诗句。此首诗为《秋风辞》，见《李太白集》，应非隋朝郑世翼的诗歌。这一段可能是流传引起的混乱。

④宋朝郭茂倩《乐府诗集》载傅玄的《鸿雁生塞北行》，其词一句六言，数句五言，首数句为："凤凰远生海西，及时昆山冈。五德存羽仪，和鸣定宫商。百鸟并侍左右，鼓翼腾华光。上熙游云日间，千岁时来翔……"

⑤张南史：字季直，唐代诗人，好弈棋，有题为《雪》《月》《花》《草》《泉》《竹》六首诗歌。这些诗歌

包含一至七言，以题为韵，如《雪》诗："雪，雪。花片，玉屑。结阴风，凝暮节。高岭虚晶，平原广洁。初从云外飘，还向空中噎。千门万户皆静，兽炭皮裘自热。此时双舞洛阳人，谁悟郢中歌断绝。"

译文

有古诗，有近体（即格律诗），有绝句，有杂言，有三五七言（第一句"三言"而最后一句"七言"，隋朝的郑世翼有此种诗歌："秋风清，秋月明。落叶聚还散，寒鸦栖复惊。相思相见知何日，此日此夜难为情。"），有半五六言（晋朝的傅玄《鸿雁生塞北》诗即是），有一字至七字（唐朝张南史的《雪》《月》《花》《草》等篇即是。又隋人应诏有一首三十字诗，有三句为七言，一句为九言，不足以为诗法，所以不列于此处）。

简评

中国古典诗歌主要有古体诗与近体诗（今体诗），亦即古诗与格律诗。古诗出现得最早，最初它不拘一格，后来发展为齐言押韵的诗歌。由此，古诗的基本面貌是：五言或七言，押韵但不限韵，不需要一韵到底，也可以转韵，句数方面没有限制，比如《古诗十九首》，汉魏南北朝写的全都是古诗。

真正的格律诗到唐代才出现，由初唐诗人沈佺期、宋之问最后确定。格律诗有排律、律诗和绝句，有句数限制（排律除外），需押韵，限平声韵并一韵到底，而且有平仄的要求，基本上有四种平仄格式，一句里的第一、三、五字不限平仄。下面举出一首宋之问的五言绝句《渡汉江》，此诗为仄起式，平仄要求是“仄仄平平仄，平平仄仄平。平平平仄仄，仄仄仄平平”，它的实际情况如下：

岭外音书断，经冬复历春。近乡情更怯，不敢问来人。
上去平平去，平平入入平。去平平去入，入上去平平。

《渡汉江》 宋之问

我们再举一首七言律诗，即杜甫的《客至》。此诗押了“上平十灰”韵，第三、四句及第五、六句必须对偶，其平仄要求是：

平平仄仄平平仄，仄仄平平仄仄平。
仄仄平平平仄仄，平平仄仄仄平平。
平平仄仄平平仄，仄仄平平仄仄平。
仄仄平平平仄仄，平平仄仄仄平平。

舍南舍北皆春水，但见群鸥日日来。
花径不曾缘客扫，蓬门今始为君开。
盘飧市远无兼味，樽酒家贫只旧醅。
肯与邻翁相对饮，隔篱呼取尽余杯。

《客至》 杜甫

以上平仄为：
去平去入平平上，去去平平入入平。
平去入平平入去，平平平上去平平。
平平上上平平去，平上平平上去平。
上上平平平去上，入平平上去平平。

格律诗的要求颇为严格，而古诗则不需要，因此古诗比格律诗灵活得多。既然如此，为什么格律诗会出现？为什么诗人要写格律诗？这是由于它那平仄、对偶、韵律的要求，会使诗歌具有强烈的音律和语言美，古诗太过自由，一不小心便可能近于“文”——应用文的书写模式。而格律诗的要求则迫使诗歌与日常语言分离，改变日常模式而形成艺术美。因此，格律诗的形成是中国古典诗歌艺术性的标志。

此外，要说明的是，从“有三五七言”开始，严羽便举出很多不同言数的诗歌，其实这些不是专门的诗体，不过是由于中国古典诗歌众多，诗人们会采取不同言数作诗而已。当然，言数之不同，也有不同的声情风貌，大家看到“半五六言”等时，可以理解为“一首诗里有五言句，也有六言句”。

有三句之歌高祖《大风歌》是也[①]。古《华山畿》二十五首[②]，多三句之词，其他古诗多如此者，有两句之歌荆卿《易水歌》是也[③]。又古诗有《青骢白马》《共戏乐》《女儿子》之类，皆两句之词也，有一句之歌《汉书》“枹鼓不鸣董少年”，一句之歌也。又汉童谣“千乘万骑上北邙”，梁童谣“青丝白马寿阳来”，皆一句也[④]，有口号[⑤]或四句，或八句，有歌行[⑥]古有鞠歌行、放歌行、长歌行、短歌行。又有单以歌名者，单以行名者，不可枚述，有乐府[⑦]汉武帝定郊祀立乐府，采齐楚赵魏之声以入乐府，以其音词可被于弦歌也。乐府具备诸体，兼统众名也，有楚词屈原以下仿《楚词》者，皆谓之楚词。

注释

①汉高祖刘邦所作的《大风歌》只有三句,歌辞为“大风起兮云飞扬,威加海内兮归故乡,安得猛士兮守四方”。

②《华山畿》:南朝乐府民歌,有不少只得三句,如“别后常相思,顿书千丈阙,题碑无罢时”。

③《易水歌》:《史记·刺客列传》载荆轲刺秦,临行前所唱之歌,歌辞为“风萧萧兮易水寒,壮士一去兮不复还”。

④郭绍虞《沧浪诗话校注》认为严羽或因流传之误而作“枹鼓不鸣董少年”,实际上应是“枹鼓不鸣董少平”,此外“千乘万骑上北邙”是三句之童谣,非一句之歌。

⑤口号:快速写成的诗歌,以宣达一时之情感。

⑥歌行:见“诗体一”注。

⑦乐府:狭义的乐府,是汉朝设立的名为“乐府”之音乐机关,及其搜集、保存、整理之入乐诗歌。广义的乐府,是所有可入乐及以此为基础的诗歌。

译文

有三句之歌(汉高祖的《大风歌》就是。古辞有《华山畿》二十五首,当中许多是三句之词,其他古人诗歌多有如此),有两句之歌(荆轲的《易水歌》就是。又古诗有《青骢白马》《共戏乐》《女儿子》之类,都是两句之辞),有一句之歌(汉书有“枹鼓不鸣董少年”,它是一句之歌。又汉代的童谣“千乘万骑上北邙”,梁代的童谣“青丝白马寿阳来”,都是一句),有口号(或是四句，或是八句），有歌行（古代有鞠歌行、放歌行、长歌行、短歌行，又有诗歌单以“歌”字命名、单以“行”字名，这里不能一一举述），有乐府（汉成帝制定郊祀及设立乐府机关，采齐、赵、魏之民歌来制作乐府，因为它的声与辞皆可演奏歌唱。“乐府”具备了各种诗歌体式，统摄了众多乐歌之名称），有楚辞（屈原以下模仿《楚辞》的作品，都称作楚辞）。

简评

基本上，中国古典诗歌有三大类：诗、乐、骚，它们各有不同的体式和声情。诗、乐同源，后来分开了，自汉魏以后，基本上不入乐者为诗，可入乐者为乐。“诗”主要有齐言和长短句，不过，以齐言的诗歌较多。诗源于《诗经》，占据中国古典诗歌的主流地位，如古诗和格律诗，它是庙堂之诗，也是“言志”之诗，它有一种庄严的功能，用于劝勉、讽喻、表达雅健的情感，是较为“高雅”的。相对而言，“乐”则是“世俗”的。乐是歌行乐府，大部分为长短句，一切可唱可入乐、宴会吟唱或拟歌行旧题而作的诗歌，都属于此。如两汉魏晋南北朝隋唐的乐府诗、琴诗、民歌、歌吟；宋、明、清词；元曲、散曲、戏曲等等。除了两汉乐府被赋予“感于哀乐，缘事而发”的现实朴健特质外，绝大部分的“乐”诗都被认为是“娱情”的，是娱乐之用，或表达放荡、媚惑的情感，它属于市井街头，不能上朝廷的大场面，后来才渐渐雅化。

骚则是楚辞的别称，骚与诗一样，在诗坛具备崇高价值，很多时候“诗骚”或“风骚”并称，不过骚的发展没有诗辉煌，写楚辞体的人相对较少，由楚辞发展出来的辞赋已界于诗与散文之间，因此，中国古典诗歌可以说是诗与乐的天下。

有琴操[①]古有《水仙操》，辛德源所作；《别鹤操》，商陵牧子所作[②]，有谣沈炯有《独酌谣》，王昌龄有《箜篌谣》[③]，穆天子之传有《白云谣》也。曰吟古词有《陇头吟》，孔明有《梁父吟》，相如有《白头吟》[④]，曰词[⑤]《选》有汉武《秋风词》，乐府有《木兰词》，曰引古曲有《霹雳引》《走马引》《飞龙引》[⑥]，曰咏《选》有《五君咏》，唐储光羲有《群鸥咏》，曰曲古有《大堤曲》，梁简文有《乌栖曲》，曰篇《选》有《名都篇》《京洛篇》《白马篇》[⑦]，曰唱魏武帝有《气出唱》，曰弄[⑧]古乐府有《江南弄》，曰长调，曰短调[⑨]。

注释

①琴操：古人抚琴而唱之歌辞，有些记载表示“操”特指困忧和立德行之琴曲。

②另一版本的《沧浪诗话》，“高陵”作“商陵”。《乐府古题要解》有“别鹤操，旧说商陵牧子所作也”，应是。

③王昌龄：字少伯，盛唐诗人，有“七绝圣手”之称，最著名的是边塞诗。他的集里无《箜篌谣》，只有《箜篌引》。“箜篌”是一种古老的弹拨乐器。

④吟：悲吟或吟咏的意思。《梁父吟》即《梁甫吟》。“梁甫”为一山名，人死葬在此山，《梁甫吟》亦为葬歌。《白头吟》传说为卓文君或司马相如的作品，其实两者皆非，它是古辞。

⑤词：即辞，两者相通。

⑥明朝徐师曾《文体明辨·序目》云“述事本末先后有序，以抽其臆者曰引”。严羽所举三首皆是琴曲歌辞。

⑦现时《昭明文选》中有曹植《名都篇》《白马篇》，而无《京洛篇》，严羽的时代或有，不得而知。

⑧弄：使用丝管演奏的乐曲。

⑨长调、短调：有两种说法：一是长调为七言，短调为五言；二是长调为长歌，短调为短行。

简评

在这里，严羽提到了很多诗歌，在题名上标注为操、谣、吟、词、引、咏、曲、篇、唱、弄，这些都属于乐府歌行，是“乐”，都是“歌辞”。它们有些是一边抚弄乐器一边唱的，如操、弄，有些不用乐器，单是演唱。最初，它们应该都有曲谱的，不过随着时间迁移，曲谱散失了，后来便发展为依旧题写辞或纯粹写辞。这一段所举的诗歌多见于宋朝郭茂倩《乐府诗集》。

有四声[①]，有八病四声设于周颙[②]，八病严于沈约。八病谓平头、上尾、蜂腰、鹤膝、大韵、小韵、旁纽、正纽之辨。作诗正不必拘此，弊法不足据也[③]。又有以叹名者古词有《楚妃叹》《明君叹》[④]，以愁名者《文选》有《四愁》，乐府有《独处愁》，以哀名者《选》有《七哀》，少陵有《八哀》，以怨名者古词有《寒夜怨》《玉阶怨》，以思名者太白有《静夜思》，以乐名者[⑤]齐武帝有《估客乐》，宋臧质有《石城乐》，以别名者子美有《无家别》《垂老别》《新婚别》[⑥]。

注释

①四声：即平上去入四声。

②四声在南北朝时发现。周颙（南朝齐代人）作“四声切韵”，被认为是四声确立的标志。

③南朝齐代永明年间，沈约等主张四声用于诗歌之中，并建立了一些必须遵守的规则，也有一些不能犯的声病，叫“八病”，但主要内容是什么，莫衷一是。

④《楚妃叹》《明君叹》：不知道实指哪一诗歌。

⑤乐：快乐，欢乐。

⑥此即杜甫之“三别”诗。

简评

中国古典诗歌的题名，除了代表着其演奏或创作情况外，也有代表着心理情绪状态的，这就是此段所举的叹、愁、哀、怨、思、乐、别，这种题名诉说了诗歌创作的原因。诗人心里有强烈的情感，由内而外地释放出来，也是中国古代诗歌理论所说的“情动于中而形于言，言之不足，故嗟叹之；嗟叹之不足，故咏歌之”。

有全篇双声叠韵者东坡“经字韵诗”是也[①]，有全篇字皆平声者天随子《夏日诗》四十字皆是平[②]。又有一句全平一句全仄者，有全篇字皆仄声者梅圣俞《酌酒与妇饮》之诗是也[③]。有律诗上下句双用韵者第一句，第三五七句，押一仄韵；第二句、第四六八句，押一平韵。唐章碣有此体[④]，不足为法，谩列于此，以备其体耳。又有四句平入之体，四句仄入之体，无关诗道，今皆不取，有辘轳韵者[⑤]双出双入，有进退韵者[⑥]一进一退。

注释

①经字韵诗：这里指苏轼《西山戏题武昌王居士诗》，诗共八句，每一句的七个字全是当时的双声字，如第一、二句“江干高古坚关扃，犍耕躬稼角挂经”。

②天随子：即陆龟蒙，字鲁望，号天随子，晚唐诗人，《夏日诗》是指他的《夏日闲居作四声诗寄袭美·平声》：“荒池菰蒲深，闲阶莓苔平。江边松篁多，人家帘栊清。为书凌遗编，调弦夸新声。求欢虽殊途，探幽聊怡情。”全诗是当时的平声。

③梅圣俞：即梅尧臣，字圣俞，北宋诗人，“酌酒与妇饮”即他的《舟中夜与家人饮》：“月出断岸口，影照别舸背。且独与妇饮，颇胜俗客对。月渐上我席，暝色亦稍退。岂必在秉烛，此景已可爱。”全诗是当时的仄声。

④章碣：字丽山，晚唐诗人，他有一首《变体诗》：“东南路尽吴江畔，正是穷愁暮雨天。鸥鹭不嫌斜两岸，波涛欺得逆风船。偶逢岛寺停帆看，深羡渔翁下钓眠。今古若论英达算，鸱夷高兴固无边。”其“畔、岸、看、算”是同一仄韵，“天、船、眠、边”是同一平韵。通常作诗只需在第二、四、六、八句押韵。

⑤辘轳韵：诗的第二、四句用一韵，第六、八句用与前韵可通的另一韵。

⑥进退韵：诗的第二、六句用一韵，第四、八句用与前韵可通的另一韵。

译文

有全篇双声叠韵的诗歌（苏轼“经字韵诗”即是），有全篇字皆平声的诗歌（陆龟蒙的《夏日诗》四十个字皆是平声。又有一句全用平声、一句全用仄声的诗歌），有全篇字皆仄声的诗歌（梅尧臣《酌酒与妇饮》之诗即是），有格律诗上下句用两个韵（第一句，第三五七句，押一个仄声韵。第二句、第四六八句，押一个平韵。唐朝的章碣有这种诗体，这不足以作为诗的法度，烦琐地罗列在这里，用以完备诗的体制而已。又有四句第一字皆平声之诗体，四句第一字皆仄声之诗体，与诗道无关，在此都不详述），有辘轳韵的诗歌（韵脚双出双入），有进退韵的诗歌（韵脚一进一退）。

简评

在这里，严羽说到了诗歌的声韵。韵有声母和韵母，韵母相同或相近就是押韵。声是声调，中国是一个有声调的国度，因此语言的声律赋予诗歌不一样的声情。现代普通话的声调只有阴平、阳平、上声和去声，而古代则丰富得多。据研究，古代有四声，为“平上去入”，四声又分阴阳，有时又有变调，因此起码不少于八种声调。除平声外，其他都是仄声，所谓“平声平道莫低昂，上声高呼猛烈强。去声分明哀远道，入声倚促急收藏”。平声是不变的，如平路一样，因此全用平声的诗歌不会忽高忽低，它中正和缓，陆龟蒙之《夏日诗》应该就是这样的感觉。而仄声是变化的，有高有低、有缓有急，全用仄声的诗歌表达特殊的情感。用仄声作韵也很特别，如苏轼的《念奴娇·赤壁怀古》就是押入声韵，声音铿锵有力。要感受唐宋诗歌的音律，可使用方言如闽南语或粤语吟诵，因为两者都保留了中国古代的音韵和声调，如入声。

另一方面，古人也会在诗的押韵上变换花样，就是这一段所说的章碣《变体诗》，辘轳韵、进退韵，除此之外，也有其他押韵的方式。不过，无论花样怎样变换，格律诗的押韵有一个重要条件，就是押同一韵部或可通韵部的韵。

有古诗一韵两用者[①]《文选》曹子建《美女篇》有两“难”字，谢康乐《述祖德诗》有两“人”字，后多有之，有古诗一韵三用者《文选》任彦升《哭范仆射》诗三用“情”字也[②]，有古诗三韵六七用者古《焦仲卿妻诗》是也[③]，有古诗重用二十许韵者《焦仲卿妻诗》是也[④]，有古诗旁取六七许韵者韩退之《此日足可惜》篇是也。凡杂用东、冬、江、阳、庚、青六韵。欧阳公谓：退之遇宽韵则故旁入他韵[⑤]，非也。此乃用古韵耳，于《集韵》自见之，有古诗全不押韵者古《采莲曲》是也[⑥]。

注释

①一韵两用：即同一首诗中，有两句的韵用同一个字。曹植《美女篇》有“明珠交玉体，珊瑚间木难”和“坐人慕高义，求贤良独难”，两韵用“难”字。后文的一韵三用等亦如是。

②任彦升：即任昉，字彦升，南朝宋、梁代人，有著作《文章缘起》。

③三韵六七用：即诗中有三个韵重复出现了六七次。《焦仲卿妻诗》：又称《为焦仲卿妻作》，即是乐府

叙事长诗《孔雀东南飞》。

④重用二十许韵：即诗中有二十多个重复出现的韵字。

⑤宽韵：韵书中字数较多的韵部。这句话是说，欧阳修称：韩愈写诗遇到这种宽韵，便收入其他韵部的字。

⑥古代有很多《采莲曲》，严羽这里所说的不押韵《采莲曲》，应是指："江南可采莲，莲叶何田田，鱼戏莲叶间。鱼戏莲叶东，鱼戏莲叶西，鱼戏莲叶南，鱼戏莲叶北。"但"莲"和"田"都押韵，他所指的不押韵，可能是指"东西南北"四字。

译文

有的古诗一个韵脚使用两次（《昭明文选》中曹植《美女篇》有两个"难"字韵脚，谢灵运《述祖德诗》有两个"人"字韵脚，后世多有这样的情况），有的古诗一个韵脚使用三次（《昭明文选》中任昉《哭范仆射》诗三次使用"情"字韵脚），有的古诗三个韵脚使用六七次（古代《焦仲卿妻诗》即是），有的古诗重复使用二十几个韵字（《焦仲卿妻诗》即是），有的古诗旁用六七个韵部（韩愈《此日足可惜》篇即是。共杂用东、冬、江、阳、庚、青六个韵部。欧阳修说：退之遇到宽韵的情况则旁用其他韵部，这样用韵不对。这乃是使用古韵而已，在《集韵》中自可见到），有的古诗全不押韵（古代《采莲曲》即是）。

简评

中国古代的音韵，也与现代普通话不同，基本上分为三大部分，第一部分是先秦至两汉，第二部分是南北朝、隋唐至两宋，第三部分是元明至清。

第一部分是古韵的时代，第二部分是切韵、平水韵时代，第三部分的时代口语音韵已经变化，南北融合向现代普通话方向发展，但诗歌创作上依然采用平水韵。严羽身处南宋晚期，因此他没有特别说明的“韵”都是“平水韵”。

这一段说到“一韵几用”“宽韵”等，因此这里简单介绍一下有关韵的情况。在古代，韵有“韵部”，一个韵部有若干字，它们的韵头、韵腹或许不同，但韵尾部分即主要的韵母是相同的，格律诗必须使用同一个平声韵部的字来写诗，例如平水韵的第一个韵部是平声的“东”，我们叫它“一东”，以下就是“一东”包含的字：

上平：一东

东同童僮铜桐峒筒瞳中衷忠盅虫冲终忡崇嵩崧菘戎绒弓躬宫穹融雄熊穷冯风枫疯丰充隆窿空公功工攻蒙朦瞢笼栊咙珑砻泷蓬篷洪荭红虹鸿丛翁嗡匆葱聪骢通棕烘崆

李商隐著名的七言律诗《无题》就是使用这个韵：

昨夜星辰昨夜风，画楼西畔桂堂东。
身无彩凤双飞翼，心有灵犀一点通。
隔座送钩春酒暖，分曹射覆蜡灯红。
嗟余听鼓应官去，走马兰台类转蓬。

《无题》 李商隐

前面已经提到古诗与格律诗的不同，古诗不需要限平声韵，也不用一韵到底，是非常灵活的。转韵，多次使用同一个字作韵脚，甚至不押韵都是允许的，严羽这里便举出了很多例子。然而，要注意的是，“古韵”与“平水韵”不尽相同，先秦至汉魏使用古韵作诗，唐宋使用平水韵作诗，有时，某些诗人为了使诗歌更具“古意”，也刻意使用古韵作诗。例如韩愈的《此日足可惜》诗，以平水韵来说，他用了“上平”的“一东”“二冬”“三江”，“下平”的“七阳”“八庚”“九青”六个韵，欧阳修说他遇到宽韵便杂用其他韵的字，严羽认为这一说法不对，因为这些韵在“平水韵”中是杂用，但“古韵”则不是。这可以说明当时已经有“古韵”与“今韵”的不同了。

有律诗至百五十韵者[①]少陵有百韵律诗，白乐天亦有之，而本朝王黄州有百五十韵五言律，有律诗止三韵者唐人有六句五言律，如李益诗“汉家今上郡，秦塞古长城。有日云常惨，无风沙自惊。当今天子圣，不战四方平”是也[②]。有律诗彻首尾对者[③]少陵多此体，不可概举，有律诗彻首尾不对者盛唐诸公有此体，如孟浩然诗：“挂席东南望，青山水国遥。轴舻争利涉，来往接风潮。问我今何适，天台访石桥。坐看霞色晚，疑是赤城标。”[④]又“水国无边际”之篇[⑤]，又太白“牛渚西江夜”之篇[⑥]，皆文从字顺，音韵铿锵，八句皆无对偶。

注释

①百五十韵：这里的“韵”有专门意义，并非只是“押韵”的意思。诗歌逢两句押韵，如“人闲桂花落，夜静春山空”的“空”，因此“一韵”就是“两句”，“百五十韵”即是“三百句”。

②李益：字君虞，中唐诗人，其边塞诗最著名。

③彻首尾对：即从第一句至最后一句，都两两对仗，如杜甫的《登高》。对，诗歌的对仗。

④此诗为孟浩然《舟中晓望》。

⑤此句出自孟浩然《洛下送奚三还扬州》诗。

⑥此句出自李白《夜泊牛渚怀古》诗。

译文

有律诗达至三百句（杜甫有古韵律诗，白居易亦有，而本朝王禹偁有三百句的五言律诗），有律诗止于六句（唐朝诗人有六句的五言律诗，如李益诗“汉家今上郡，秦塞古长城。有日云常惨，无风沙自惊。当今天子圣，不战四方平”即是），有律诗从首句到尾句都对仗（杜甫多此种诗体，不能一一举例），有律诗从首句到尾句都不对仗（盛唐诗人有此种诗体，如孟浩然诗“挂席东南望，青山水国遥。轴舻争利涉，来往接风潮。问我今何适，天台访石桥。坐看霞色晚，疑是赤城标。”又有“水国无边际”诗，又有李白“牛渚西江夜”诗，都是文从句顺，音韵铿锵，八句都无对偶）。

简评

在中国古典诗歌中，古诗的句数可多可少，而格律诗则以四句和八句最普遍。上百句的长诗，以古诗的体裁最为灵活，这是由于古诗不需限韵，也没有平仄限制，中国最长的叙事诗《孔雀东南飞》，就是以古诗的方式写成。用格律诗写长诗，难度尤其高，因为韵脚有限制，而且每一句诗都要合乎平仄要求，要黏对，在种种要求下写出三百句诗歌，情意兼备，犹如戴着枷锁跳舞。

在此段，严羽开始述及诗歌的对仗。对仗是中国诗歌的独有特征，这是由于汉字一音一义，并有词性，这是表音文字所不能企及的。对仗之独特美感犹如两马并行奔跑，或两幅相映成趣的图画，是一种“汉字”式的美丽。

有后章字接前章者①曹子建《赠白马王彪》之诗是也，有四句通义者②如少陵“神女峰娟妙，昭君宅有无。曲留明怨惜，梦尽失欢娱”是也。有绝句折腰者，有八句折腰者③。有拟古④，有连句⑤，有集句⑥。

注释

①后章字接前章：一首诗由若干章组成，前一章的最后一句，与后一章的第一句，以蝉联的方式呼应，便是后章字接前章字。曹植《赠白马王彪》共六章，第一章最后一句为“我马玄以黄”，第二章首句为“玄黄犹能进”，其他如是。

②四句通义：指诗中的句子意义连贯，如“梦尽失欢娱”是“神女峰娟妙”的连贯，“曲留明怨惜”是“昭君宅有无”的连贯，这首诗是杜甫的《大历三年春白帝城放船出瞿塘峡久居夔府将适江陵漂泊有诗凡四十韵》。通常诗歌的时空、事件、心理是由前到后的顺承描写，后句解释或连贯前句，严羽认为是特别之法。

③折腰：这是一种特殊的格律诗。格律诗的平仄格律有四种，我们姑且称为A、B、C、D，格律诗需要依照其中一种格律写成，那“腰”才是直的。

根据饶少平论文《折腰体新解》，可知如果一首诗在首两句或首四句，先用 A 格律，而接下来的句子转用 B 、C 等格律，那等于“弯了腰”，就是所谓的“折腰体”。

④拟古：模仿或效法古代某诗歌的题材、体制、语意、语气等写成的诗歌，如《古诗十九首·西北有高楼》，晋陆机有《拟西北有高楼》。

⑤连句：相当于柏梁体，一人一句、一人一对或一人四句等写成的诗歌。

⑥集句：采集不同诗歌的句子，组成一首新的、有完整意义的诗歌，可集一句、两句，或全首集句。如王安石《即事五首》其一：“渐老逢春能几回，蓬门今始为君开。莫嫌野外无供给，更向花前把一杯。”第一句来自杜甫《漫兴》，第二句是杜甫《客至》，第三句是杜甫《有客》，第四句是严恽的《落花》。

简评

中国古代文人都写诗，诗歌不单是性情之物，也是他们的生活方式。写诗是庄重的，但有时也是乐趣的来源，因此他们创作时每每花样百出。有在体格上花心思，如后章字接前章字、折腰；有在题材上花心思，如拟古；有在内容上找乐子，如集句；也有在创作方法上寻开心，如连句。

有分题[①]古人分题，或各赋一物，如云“送某人分题得某物”也，或曰“探题”。有分韵[②]，有用韵[③]，有和韵[④]，有借韵[⑤]如押“七之”韵，可借“八微”或“十二齐”韵是也，有协韵[⑥]《楚词》及《选》诗，多用协韵，有今韵[⑦]，有古韵[⑧]如退之《此日足可惜》诗，用古韵也，盖《选》诗多如此[⑨]。

注释

①分题：一群诗人聚会，在一个大题目下，分别咏颂不同小题目的诗歌。例如宋代欧阳修参加聚会，众人咏“聚会中的水果”，有橄榄、红蕉子、温柑、凤栖、金橘、荔枝、杨梅等等，欧阳修写《橄榄》、刘敞写《温柑》，两诗至今尚存。

②分韵：与分题类似，只是分的不是“题目”，而是“韵脚”，如欧阳修的《去思堂会饮得春字》诗，就是分得“春”字，以此字作韵脚写诗。

③用韵：沿用现有诗歌的韵脚，不用按其次序另作一首诗。

④和韵：这里指“次韵”，沿用现有诗歌的韵脚，亦需按其次序另作一首诗。

⑤借韵：古人写诗需使用同一个韵部，但也可以借用通押的旁韵。这里严羽举了“七之”韵，可借押“微”“齐”二韵。

⑥协韵：写诗时，把字临时改读另外一个音，认为是古音，以求和谐。

⑦今韵：即唐宋的音韵，以广韵、平水韵为代表。

⑧古韵：即协韵。

⑨本书版本“《选》诗”后脱字，“多”字乃据其他版本补上。

译文

有分题（古人分一个大题目，或各赋写大题目内的其中一项物件，如诗题说“送某人分题得某物”，或称作“探题”），有分韵,有用韵,有和韵,有借韵（如押“七之”韵,可借“八微”或“十二齐”韵),有协韵（《楚辞》及《昭明文选》中的诗歌多使用协韵)，有今韵，有古韵（如韩愈《此日足可惜》诗，就是使用古韵，《昭明文选》的诗歌多有这种情况)。

简评

严羽这一段所举的，都是韵脚上的不同花样。在这里值得一提的是中国古代诗人（尤其是宋代诗人)，他们很喜欢诗歌酬唱，简单来说，是用诗歌来交朋友。两个诗人或一群诗人聚会时，他们的娱乐就是写诗。起一个大题目，一人写一首（分题、分韵)，或者是有人先写一首，后面的人按他的韵脚另写一首（用韵、和韵)，这些都是趣味的来源，在这样的交流中可以提升诗人间的友谊，因此可以说，这些诗歌都具备了“社交”的功能。

协韵、今韵、古韵，这三种韵都是源于先秦至汉，与唐宋音韵不同。古今音韵问题，在宋朝已经出现，这大概等同于我们今天面对的“现代普通话音韵与古代音韵差异”的问题。

有古律陈子昂及盛唐诸公多此体，有今律①。有颔联②，有颈联，有发端③，有落句④结句也。有十字对⑤刘眘虚“沧浪千万里，日夜一孤舟”⑥，有十字句⑦常建“曲径通幽处，禅房花木深”等是也⑧，有十四字对刘长卿“江客不堪频北望，塞鸿何事又南飞”是也[9]，有十四字句崔颢“黄鹤一去不复返，白云千载空悠悠”，又太白“鹦鹉西飞陇山去，芳洲之树何青青”是也[10]。有扇对又谓之“隔句对”，如郑都官“昔年共照松溪影，松折碑荒僧已无。今日还思锦城事，雪消花谢梦何如”是也[11]。盖以第一句对第三句，第二句对第四句，有借对[12]孟浩然“厨人具鸡黍，稚子摘杨梅”，太白“水舂云母碓，风扫石楠花”，少陵“竹叶于人既无分，菊花从此不须开”是也[13]，有就句对[14]又曰当句有对，如少陵“小院回廊春寂寂，浴凫飞鹭晚悠悠”，李嘉祐“孤云独鸟川光暮，万里千山海气秋”是也。前辈于文亦多此体，如王勃“龙光射斗牛之墟，徐孺下陈蕃之榻”，乃就句对也[15]。

注释

①古律与今律，大抵是古诗与格律诗之别。

②颔联：八句律诗的第三、四句，通常需要对仗。

③发端：格律诗的第一、二句。

④落句：格律诗的最后两句。

⑤十字对：十字叙一事，兼对仗。

⑥刘眘虚：字全乙，盛唐诗人。这两句诗出自《海上诗送薛文学归海东》。

⑦十字句：十字叙一事，一意浑成，但不对仗。

⑧常建：盛唐诗人。这两句诗出自《题破山寺后禅院》。诗话的其他版本，“曲径”为“一径”。

⑨刘长卿：字文房，盛唐诗人。这两句诗出自《登润州万岁楼》。

⑩前句出自崔颢《黄鹤楼》，后句出自李白《鹦鹉洲》。

⑪郑都官：即郑谷，字守愚，晚唐诗人，曾任都官郎中，

故称郑都官。这首诗出自《将之泸郡旅次遂州遇裴晤员外谪居于此话旧凄凉因寄二首》之一。

⑫借对：对仗需要词性、语意相对，如鸡对羊、母对公、竹叶对梨花。借对就是在不能如此相对时，借“杨”作“羊”，借“楠”作“公”，借“菊花”作“梨花”。

⑬这些诗句依次出自孟浩然《裴司士员司户见寻》、李白《送内寻庐山女道士李腾空》、杜甫《九日》。

⑭就句对：即一句之中也有对仗，如“小院回廊春寂寂”中的“小院”对“回廊”，“孤云独鸟川光暮”中的“孤云”对“独鸟”。

⑮前两诗出自杜甫《涪城县香积寺官阁》、李嘉祐《同皇甫冉登重玄阁》。后两句出自王勃《滕王阁序》。李嘉祐，字从一，盛唐诗人。

译文

有古律（陈子昂及盛唐各大诗人多有此诗体），有今律，有颔联，有发端，有落句（就是结句）。有十字对（刘昚虚“沧浪千万里，日夜一孤舟”），有十字句（常建“曲径通幽处，禅房花木深”等即是），有十四字对（刘长卿“江客不堪频北望，塞鸿何事又南飞”即是），有十四字句（崔颢“黄鹤一去不复返，白云千载空悠悠”，又李白“鹦鹉西飞陇山去，芳洲之树何青青”即是）。有扇对（又称之为“隔句对”，如郑都官“昔年共照松溪影，松折碑荒僧已无。今日还思锦城事，雪消花谢梦何如”即是，诗中以第一句对第三句，第二句对第四句），有借对（孟浩然“厨人具鸡黍，稚子摘杨梅”，李白“水春云母碓，风扫石楠花”，杜甫“竹叶于人既无分，菊花从此不须开”即是），有就句对（又称“当句有对”，如杜甫“小院回廊春寂寂，浴凫飞鹭晚悠悠”，李嘉祐“孤云独鸟川光暮，万里千山海气秋”即是。前辈在文章中亦多有这种诗体，如王勃“龙光射斗牛之墟，徐孺下陈蕃之榻”，便是就句对）。

简评

格律诗有一定的格式，绝句有四句二联，律诗有八句四联，每一联都有特定的名称，首两句称起句、发端或破题，最后两句称落句、结句或尾联。律诗的第三、四句称颔联，将其比作人的下巴，第五、六句称颈联，就是比作人的颈部。联内可对仗也可不对仗，如果要对仗，也有很多方法，比如最简单的有词性和词义相对（江客不堪频北望，塞鸿何事又南飞），较复杂的有一句中已经相对（就句对），或数句与数句相对（扇对），如真的不能词性词义相对，便借用谐音或字形（借对），这些是最常见的对法。除此之外，对仗的方法和变化尚有很多，在此不赘述。

六

论杂体，则有风人上句述其语，下句释其义，如古《子夜歌》《读曲歌》之类[①]，则多用此体、藁砧[②]古乐府“藁砧今何在，山上复安山。何当大刀头，破镜飞上天”，僻辞隐语也[③]、五杂俎[④]见乐府、两头纤纤[⑤]亦见乐府、盘中[⑥]《玉台集》有此诗，苏伯玉妻作，写之盘中，屈曲成文也、回文[⑦]起于窦滔之妻，织锦以寄其夫也、反复[⑧]举一字而诵，皆成句，无不押韵，反复成文也。李公《诗格》有此二十字诗[⑨]。

注释

①《子夜歌》《读曲歌》：都是南朝乐府民歌。有一首《子夜歌》为：“今夕已欢别，合会在何时？明灯照空局，悠然未有棋。”最后两句便属“风人”，前一句“明灯照空局”是陈述，后一句“悠然未有棋”解释了前一句，没有棋子即是“空局”，而这一个“棋”字，也可以理解为情人重逢之“期”。

②藁砧：藁是稻草，砧是垫在草下的石砧板，藁砧是古代的一种铡草工具。这里也是一首古诗的开头，因为没有诗名，所以用诗的首两字作诗名。

③这首诗说的是一串“隐语”，相当于字谜。“藁砧今何在”的“藁砧”即砆，是丈夫；“山上复安山”即“出”字；“何当大刀头”的“刀头”即“刀环”，是“还”；“破镜飞上天”的“破镜”即“半月”，合起来是“丈夫出还在半月”。

④五杂组:“五杂组,冈头草。往复还,车马道。不获已,人将老。”这是一首古乐府,后人效仿这个形式写诗,更有甚者,保留第一、三、五句,改写第二、四、六句,这种改写如填空游戏一样。

⑤两头纤纤:“两头纤纤月初生,半白半黑眼中睛。腷腷膊膊鸡初鸣,磊磊落落向曙星。”这是一首写眼睛的古乐府,后人效仿这个形式写诗,并保留首四字“两头纤纤”,这种体制的诗歌统称为《两头纤纤》。

⑥盘中:相传古代有一人,名伯玉,出使外域,久久不归,他的妻子因为思念他而写了一首诗,这首诗写在一个盘子(即碟子)里,诗由中央写起,回环呈“@”形至四角。

⑦回文:相传窦滔的妻子于锦上织成一首诗,排列如方阵,四言、五言、六言等均能成诗,顺读、斜读、直读、横读、倒读都能作诗句。

⑧反复:与回文相类似,不过,反复不排成方阵,而排成一行,可以从任何一字顺读或倒读,皆成句,无不押韵。如宋朝钱惟治的《春日登大悲阁》二首,其一是“碧天临迥阁晴雪点山屏夕烟侵冷箔明月敛闲亭”,如从“雪”字顺读,诗为:“雪点山屏夕,烟侵冷箔明。月敛闲亭碧,天临迥阁晴。”如从“亭”字倒读,便为:“亭闲敛月明,箔冷侵烟夕。屏山点雪晴,阁迥临天碧。”

⑨《诗格》:唐朝作品,已佚,李公亦不知何许人。诗话原注是“二十一字诗”,应为“二十字诗”,原注中多了个“一”字。

译文

论杂体诗，则有风人诗（诗的上句陈述一语，下句解释它的意义，如古《子夜歌》《读曲歌》之类，则多使用这种诗体），藁砧（古乐府“藁砧今何在，山上复安山。何当大刀头，破镜飞上天”，属于僻辞隐语），五杂组（见于乐府诗中），两头纤纤（也见于乐府诗中），盘中诗（《玉台新咏》有这首诗，系苏伯玉的妻子创作，写诗于盘中，形状屈曲而成为一篇诗歌），回文诗（起源于窦滔的妻子，将诗织于布锦之上以寄给她的丈夫），反复（挑选任何一个字而开始诵咏，都能成为一句，都能押韵，反复诵咏都能成为一篇诗文。李公的《诗格》有这样的二十字诗歌）。

简评

此处严羽所说的杂体诗歌，大抵是一些有特殊体式的诗歌，相比其他诗歌，它们有一些特殊花样。这些诗歌，在形式、创作和阅读上较有趣味，甚至有点“以诗为戏”的味道。字谜、填空、回文、反复等，可以视为古人诗歌生活中的“情趣”。然而，“杂体”也意味着“世俗”或“不太严肃”，这些诗歌可以传情，可以戏谑，但似乎不能出现于庙堂或庄严的场合。

离合[①]字相拆合成文，孔融“渔父屈节”之诗是也[②]，虽不关诗之重轻，其体制亦古。至于建除鲍明远有《建除诗》[③]，每句首冠以“建除平定”等字。其诗虽佳，盖鲍本工诗，非因建除之体而佳也、字谜、人名、卦名、数名、药名、州名之诗[4]，只成戏谑，不足法也又有六甲、十属之类[5]，及藏头[6]、歇后等体[7]，今皆削之。近世有李公《诗格》，泛而不备，惠洪《天厨禁脔》[8]，最为误人。今此卷有旁参二书者，盖其是处不可易也。

注释

①离合：诗中暗藏某些字句，要把诗中文字结合、分离才能得到，类似“藁砧”，也算是一种字谜。

②孔融：字文举，建安七子之一。“渔父屈节”为其《郡姓名字》诗，首数句为“渔父屈节，水潜匿方。与时进止，出寺弛张……”这首诗离合成“鲁国孔融文举”六字。如“渔”,“水潜”便成“鱼”；“时”，“出寺”便成“日”；鱼日加起来便是“鲁”。

③建除：古代阴阳家以“建、除、平、定”等十二个字，配合十二地支，以判断吉凶，如“寅为建，卯为除”。《建除诗》是把这些字嵌用在诗中。鲍明远：即鲍照，字明远，见“诗体二”注。

④把文字、人名、卦名、数字、药名、州名等嵌于诗中，或以字谜、提示、离合的方式藏于诗中。

⑤六甲：即《六甲》诗，诗为二十句，每两句嵌“甲乙丙丁戊己庚辛壬癸”十字之一。十属：即《十二属》诗，诗为十二句，每句前嵌“鼠牛虎兔龙蛇马羊猴鸡狗猪”十二字之一。两诗的作者皆为沈炯。

⑥藏头：在诗中藏着一些字句，如“平湖秋月”，方法有三种，一是把它嵌在四句诗的第一个字；二是把它藏在诗的某处,如“平”藏在“坪”中,“秋”藏在“愁”中；三是前面数句写其情其景，到最

后才点破“平湖秋月”之题。

⑦歇后：也是藏着一些字，方法有二：一是替代的方式，如用“燕尔”代“新婚”；二是诗文引出，如“当初只为将勤补，到底翻为弄巧成”——“拙”。

⑧惠洪：北宋诗僧，黄庭坚有《赠惠洪》诗。其《天厨禁脔》，是一部论唐宋篇句、诗格之作品。

译文

离合诗（诗中文字拆开并合成文章，孔融的“渔父屈节”诗歌即是），虽然与诗之轻重无关，但这种体制亦很古老。建除诗（鲍照有建除诗，每一句的开头都冠以“建”“除”“平”“定”等字，他的诗很好，但是鲍照本来就工于诗，并非由于建除体而好），字谜、人名、卦名、数名、药名、州名等这样的诗只是戏谑之诗，不足以成为诗法（又有六甲、十属之类，及藏头诗、歇后等诗体，在这里都不列举了。近世有李公《诗格》一书，内容广泛但不完备，有惠洪《天厨禁脔》一书，最为误导世人。现在本诗话有参考这两本书的地方，它们当中对的部分也是不可改变的）。

简评

这部分所提到的诗歌也是杂体诗歌，严羽说这些诗歌“不关诗之重轻”“只成戏谑”，足见中国古代对于诗歌功能的看法。在中国古代，诗歌被认为是文学的精华，诗文来自天地，也感天动地，天地之大道透过诗文显现，诗文昭显天地之大道，因此刘勰《文心雕龙·原道》说“道沿圣以垂文，圣因文以明道”。故此，诗在中国有强大的社会现实功能，用以经国、明道、教化。另一方面，诗也有美的追求，诗的审美可以超越人生，滋养生活，这也是中国古代诗人所重视的。

文学除了社会功能和审美功能外，其实还有一个功能，就是“娱乐功能”。看小说、写诗是一种很好的调剂活动，纾解压力，让身心康泰。不过，这个功能在中国古代一直备受轻视，“勤有功，戏无益”的观念一直存在，杂体诗歌的趣味性和游戏性，与强大的社会功能遥遥相对。这造成了一股矛盾的思维暗潮，让中国古代诗人一边以诗为戏，一边又觉得轻薄不庄重。

诗法

一

学诗先除五俗：一曰俗体，二曰俗意，三曰俗句，四曰俗字，五曰俗韵。

译文

学习诗歌先要除去五种“俗”：一是俗体，二是俗意，三是俗句，四是俗字，五是俗韵。

简评

诗忌陈俗，是当然之理，这个“俗”有两层意思：一是粗俗、粗鄙，生吞活剥；二是陈腐，别人说过无数遍，再说已收不到应有的效果。

粗俗之言入诗，固然不雅，但是亦无不可，能够将俗语化为雅语，通畅而不鄙陋，得依靠非凡的功力和才华，如白居易即以俗见称。

陈腐之语涉及诗歌语言与日常语言的问题。日常语言是习惯的、熟悉的，所以也是陈腐的，例如“宇宙”，这个词已经说过无数遍，一说“宇宙”，我们便自动跳过“语言”本身，而想到“意义”——那一大片空旷的外太空，我们留意不到“宇”——上下四方谓之宇，“宙”——古往今来谓之宙，留意不到“宇宙”这个词是“上下四方、古往今来”的总合，这也“俗”了。如诗歌每每写月亮便写“月宫”“玉兔”，离别每每借“杨柳”，沉闷，不新鲜了，语言的力量便减弱了。诗歌要好，语言便要有力量，便要“陌生”，让人留意“语言”本身。严羽所说的“除五俗”，类似于西方文学理论的“陌生化效果”。

二

有语忌，有语病。语病易除，语忌难除。语病古人亦有之，惟语忌则不可有。

译文

有语忌，有语病。语病容易除去，语忌却难除掉。古代诗人亦有语病，唯有语忌则是不可以有的。

简评

严羽这里的“语忌”和“语病”实际指什么？他没有说得很清楚，历来解读的人也只能揣测其意。比如说，有些人觉得语病是“句子用语”的问题，一句对联的上下句意思差不多，如“蝉噪林逾静，鸟鸣山更幽”——两句都说“幽静”，形式相差无几——这样其实用一句已经足够。又例如谢惠连“虽好相如达，不同长卿慢”，相如和长卿是同一个人，也是“语病”。至于“语忌”，有些人觉得是指诗歌命意有抄袭、放荡、不检点等现象。“语忌”和“语病”究竟有何区别，实在不曾分明。但是可以肯定，“语忌”比“语病”严重，古代诗人有时会有“语病”，还可以接受，而“语忌”则不能有。

三

须是本色，须是当行。

译文

必须是本然之色，必须是内行。

简评

本色就是事物本然之色，本质的样子；当行就是内行，如戏行中的老戏骨。两者都是说，诗歌要依其本质的体制和风貌，不能为了逞才能而破坏本质。

四

对句好可得，结句好难得，发句好尤难得。

简评

这里是讲五七言律诗的诗法。古人作诗，往往因意兴而得中间对联，然后装嵌首尾，成为一篇。很多时候我们看到一首诗，全篇并无特色，却有一对精警的对联，就是这么一回事了。除了严羽外，很多诗人如王世禛等，都说过发句和结句比中间两联难写，这应是诗人们的经验之谈。历代诗人中，结句好的不少，如杜甫、杜牧、王安石，发句绝佳的似乎要数李白与苏轼了。发句需要气势，如一股当头雷电，直贯全诗，如“蜀道之难，难于上青天”（李白《蜀道难》）或“十年生死两茫茫”（苏轼《江城子》），都是难得之作。

五

发端忌作举止[①]，收拾贵在出场[②]。

注释

①举止：即动作，这里似乎指动作太多，显得做作。

②出场：戏剧用语，即主要的人物或剧情出现于台上。

译文

诗的起首切忌举止做作，结束时重要之处在于诗歌最主要的东西都已出现。

简评

这里似乎是指诗歌的起首不能过于花哨，切忌做作，而全诗结句时，主要的东西必须全部出现，亦属当然之理。

六

不必太着题[1]，不必多使事[2]。

注释

①着题：贴题。

②使事：用典。

译文

诗歌不需要过于贴题，不需要过多用典。

简评

写诗用典太多，会使诗歌艰涩难懂，影响欣赏效果，或沦为逞才炫学。但严羽为什么说写诗不能太贴题呢？原因是诗要缥缈幽远，太贴题，就是作文，或描写，或说明，都过于现实。诗的贴题，有时需要若即若离，就像"兴"，意象与现实有着不明确的、迂回的联系，如此才能幻想远扬，诗兴浓郁。如李商隐《锦瑟》"锦瑟无端五十弦，一弦一柱思华年。庄生晓梦迷蝴蝶，望帝春心托杜鹃"，似写锦瑟，又似写情，朦胧幽眇，方为上品。

七

押韵不必有出处，用字不必拘来历。

简评

这一点是针对宋代诗人黄庭坚及江西诗派而发。严羽在“诗辨”一章，说过宋代诗人的弊端是“多务使事，不问兴致；用字必有来历，押韵必有出处，读之反复终篇，不知着到何在”，这用字的来历和押韵的出处，都是黄庭坚的“诗法”。这“诗法”是化用古人的字句翻出新意，或以新鲜语言化用古人的诗意，称为“点铁成金”和“夺胎换骨”。这些方法宋人用多了，再加上也许是才力不足，渐渐沦为抄袭剽窃。因此，严羽针对这一现象，而作出“押韵不必有出处，用字不必拘来历”的评论。

八

下字贵响，造语贵圆。

译文

诗歌用字的重要之处在于声音响亮，语句营造的重要之处在于流转圆润。

简评

汉语有“平上去入”四声，以此构成诗歌“抑扬顿挫”的音乐美。古人说“七字诗第五字要响,五字诗第三字要响”，这并非绝对，但说明了一句之中平仄要分明。“响”是清亮，即音乐美。

造语贵圆是指语句用字、意义给予人的感觉，“圆”为温润、流转、不突兀，有时诗歌故意拗句而造成奇峭之感，但更多时候是语句不够灵动而让人觉得粗糙生硬。

九

意贵透彻，不可隔靴搔痒；语贵脱洒，不可拖泥带水。

译文

诗意的重要之处在于清明透彻，不可使人有隔靴搔痒之感；诗歌语言的重要之处在于爽利潇洒，不可使人有拖泥带水之感。

简评

“隔靴搔痒”和“拖泥带水”，两用语皆出自禅家，见于《五灯会元》。但这里并非使用禅家的典故意义，而是字面直意。读者领会诗意，这“意”的成功与否，在于“透彻”，即是玲珑剔透，读者能凭直觉领会。我们可能经历过这样的情况，就是老师教授一些知识时，感到似懂非懂，不是不懂，而是“不完全懂”，好像隔了一层皮，搔不到痒处。作者写诗，也要创造玲珑剔透的意象，这并非是逻辑性的说明，而是意象的传递，其力量要够强，可以让读者明确领会。

“语贵脱洒”，就是语言的风格精练。有一些作者，怕读者不懂，把一个话题反复重复，唠唠叨叨，或半天说不到重点，就是不洒脱，拖泥带水，诗歌如此这般，当然不好。

十

最忌骨董，最忌趁贴[①]。

注释

①趁贴：应是“衬贴”的意思，即人为的加工修饰。

译文

诗歌最忌好古尚奇，最忌人工修饰。

简评

“骨董”一语，按陶明濬《诗说杂记》有两种意义：其一是“以古为尚，不加简择”，其二是“奇而无理”。古语已是不流行的语言，使用得当可以增加诗歌的趣味，不过盲目地使用则使诗歌艰涩难懂。过于奇怪的语言亦是如此，会令诗歌惨不忍睹。此外，“最忌趁贴”应是指诗歌不能过于刻画，流于人工修饰之意。两者似乎都是严羽针对江西诗派的流弊而发。

十一

语忌直，意忌浅，脉忌露，味忌短，音韵忌散缓，亦忌迫促。

译文

诗歌语言最忌过于直接，诗意最忌过于浅薄，诗的脉络最忌过于外露，诗味最忌过于短促，诗的音韵最忌散乱缓慢，但也忌过于迫逼急促。

简评

语言过于直接，无所寄托，便不能寓意深远，以小见大。诗意过于浅薄，即沦为人云亦云，无高远之情志。脉络露了出来，让人一眼看破。韵味短促，无回肠百转之感。音韵过于散缓或迫促，便会走向极端，失却抑扬顿挫、缓促有道的节拍。这些都会减损诗歌之美。

十二

诗难处在结裹[①]，譬如番刀，须用北人结裹，若南人便非本色。

注释

①结裹：锻炼有成的意思。

译文

诗的难处在于锻炼有成，譬如番刀，必须使用北人的锻炼手法，换成南人便不是本色。

简评

诗的难处在于锻炼有成，或意指基本功扎实得当、四平八稳。但为什么以番刀为喻呢？这真有点摸不着头脑。可能因为番刀是北方人的用具，北人锻炼刀也锻炼刀艺，十分有心得，而南人相比之下总差一些吧。

十三

须参活句，勿参死句。

简评

这是一句禅家语，可见于《五灯会元》。禅宗认为语言并非一锤定音，死句犹如“执着文字”，是不能一个字一个字琢磨的，参禅时的语言只是一种牵引、机锋，犹如渡河的船，上岸了便要把船抛弃，不能拖着上路。严羽借此喻诗，是指写诗不能死抠文字，要灵动，不以词害意，这“活”字，应指流动、生生不息。

十四

词气可颉颃，不可乖戾。

简评

诗人有豪放一派，如李白、苏轼、陆游、辛弃疾等，其诗气势高昂颉颃。不过，这种豪放也要“正”“健”，如果歪斜了，趾高气扬，就成乖戾了。

十五

律诗难于古诗；绝句难于八句；七言律诗难于五言律诗；五言绝句难于七言绝句。

简评

古诗法度宽松，不限韵、句数、平仄；格律诗法度严谨，限韵、限句，也限平仄，因此写格律诗比写古诗难。在格律诗当中，又有五七言律诗与五七言绝句，七言律诗和五言绝句最难，其一大一小，各走极端。

七言律诗有五十六字，在这五十六字内，需要极尽扩张，如咏史之作，既要探索古今、纵横天下，又要深远而有气势。五言律诗字数较少，便不能如此庞大了，格局小了许多。要充分利用这七言律诗的铺排扩张，非高手不能为。五言绝句是最小的，才短短二十字，离首即尾，好比车才开出便看到终点站，因此它要求短小精悍，以小见大，一粒芥子见须弥山，也考功夫。许多七言律诗，其实是五言律诗的加长版，许多七言绝句，减去赘言便可成五言绝句，但能充分驾驭七言律诗、五言绝句的人不多，两者的每一个字都不能增，不能减，因此是最难写的。这是严羽以及部分诗论家的观点。

十六

学诗有三节：其初不识好恶，连篇累牍，肆笔而成；既识羞愧，始生畏缩，成之极难；及其透彻，则七纵八横，信手拈来，头头是道矣。

译文

诗歌学习有三个环节：初期不识好坏，篇幅又长又累赘，放纵笔力写成；后来懂得羞愧，写诗开始畏畏缩缩，极难写出好诗；等到达写诗透彻的境界，则纵横诗境，信手拈来，头头是道。

简评

严羽这里的“学诗三节”，就是学诗之人的三个阶段。第一阶段，初学诗者由于沾沾自喜于所学，又眼界不宽，故此写得多，也写得累赘，这种情况便是所谓的“初生之犊不畏虎”，每每向前冲。比之初入学之少年，得意于所学，一有机会便拿出来炫耀。第二阶段，学诗者眼界开阔了，学得越多，越发现天外有天、人外有人，自己所学的东西与他们相比，简直是九牛一毛，写诗时的意念和字句原来古人已经用过，因此感到“羞愧”，也不敢炫耀，甚至不敢把自己的诗拿出去“献丑”，这个阶段很难突破。第三阶段，首先是诗艺上的突破，要增长艺力，千锤百炼；其次是信心上的突破，要有我诗“自好”的信心，如果我诗与古人诗相同，要有“我们都是人，如有雷同，则是大家有共通性”

或“不是我似古人，而是古人似我”的信念，这便是“透彻”的阶段。在这一阶段，写诗已无障碍，能纵横于诗之国度，在法度之上灵活自如，即是《论语》所说的“从心所欲不逾矩”，或苏轼所说的“行于所当行”“止于所不可不止”。中国古代很多诗人和诗论都有相似的学诗说法，如陆游，潘德舆《养一斋诗话》。艺术是相通的，这样的学诗阶段，也是所有艺术都必经的阶段。

十七

看诗须着金刚眼睛[①]，庶不眩于旁门小法禅家有金刚眼睛之说。

注释

①金刚眼睛：禅家语，出自《传灯录》。金刚，是梵语的意译，有三个意思：一是坚硬的宝石；二是武器，以此金刚石制成杵，无坚不摧；三是手持金刚杵之力士。

译文

需要使用金刚眼睛看诗，才不会被旁门左道迷惑（禅家有金刚眼睛的说法）。

简评

此金刚眼睛应是宝中之宝、利器中之利器，以它来观诗，当是无坚不摧、直捣诗歌奥义，不会被“旁门小法”迷惑。严羽在这里所说的金刚眼睛，即是“正法眼”，是他在“诗辨”中提及的“以汉魏晋盛唐为诗”“诗惟在兴趣”“言有尽而意无穷”，而“旁门小法”，当指他大力抨击的“以文字为诗、以才学为诗、以议论为诗”“多务使事，不问兴致”，似乎直指宋代诗坛江西诗派、西昆、四灵等之流弊。不过，这“正法眼”的内容，其实是因人而异的，有些古人批评严羽偏执于盛唐、兴趣，也有一定道理。批评当然是依据自身的观点而提出，我们只要理解严羽的思路即可。

十八

辩家数如辩苍白[①]，方可言诗荆公评文章，先体制而后文之工拙[②]。

注释

①家数：诗歌风格模式的来源，即诗人师承何家、何处。苍：深蓝色、深绿色、灰白色，这里泛指深色。

②或传王安石曾说，诗歌应先体制后文辞。依此，他认为王禹偁之《竹楼记》优于欧阳修之《醉翁亭记》。

译文

分辨家数宛如明辨黑白，才可以高谈诗歌（王安石评论诗文，先论诗的体制然后才论文辞的工巧粗拙）。

简评

诗人要有识见，要看得出某诗歌出自何门何派，或与某种风格有渊源。譬如练武到达一定程度，看到别人的招式和路数，便能大致分辨这人是南是北，师承何宗派。

能分辨家数，代表着诗人已有一定的诗歌造诣，才能高谈诗歌、批评解说，才能“言诗”。

王安石评文章，把体制放在首位，其次才是文辞的工拙，他认为王禹偁之《竹楼记》优于欧阳修之《醉翁亭记》，原因可能是因为《竹楼记》体制精细，围绕着竹楼下笔，而《醉翁亭记》虽号称写醉翁亭，实际上是写欧阳修本人的怡然自乐。这也有一定道理。诗文是“整体结合”的东西，如果只注意文辞工拙，那只是单句华词，而非“一首诗”或“一篇文”，先要把整体布局处理好，诗文才能显出力量来。

在此版本中，“荆公”句是“辩家数”的小注，不过“辩家数如辩苍白，方可言诗”与“荆公评文章”两者似乎没有很明显的关联。在另一版本中，它们是两条分开的正文。

十九

诗之是非不必争，试以己诗置之古人诗中，与识者观之而不能辨，则真古人矣。

译文

诗的是非好坏不必争论，试把自己的诗歌放置在古人诗中，给有见识之人士观看，若他不能辨出谁是谁非，则是真正的古人诗了。

简评

严羽的诗论有一种崇古的思想，诗以汉魏晋盛唐最佳，古代诗歌优于现今诗歌，故此，他的逻辑是，如果现今诗歌能与古代诗歌混杂无二，分不出古今之别，则是真正优秀的诗歌。他提供了一个方法，就是把自己的诗歌与古代诗歌混在一起，请对诗歌有见地的人士分辨，如不能辨，就是最好。后世很多人沿用此法，尤其是明朝那些主张“复古”的诗人。不过，这是基于“古人诗歌胜今人”的观点，也有很多革新派诗人不认同，如李贽、叶燮、袁枚等人。

诗评

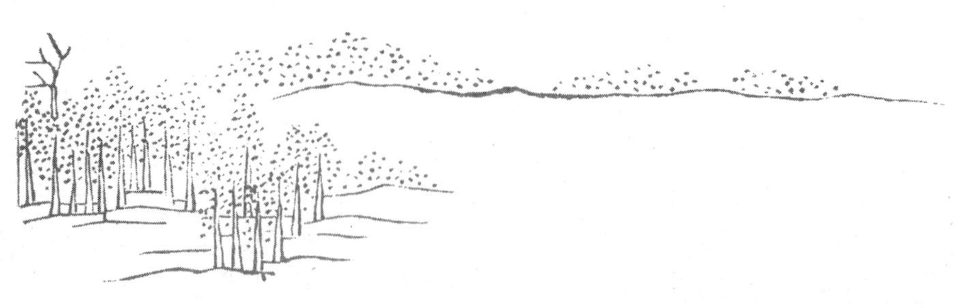

一

大历以前，分明别是一副言语；晚唐，分明别是一副言语；本朝诸公，分明别是一副言语。如此见，方许具一只眼[①]。

注释

①一只眼：禅家语，见于《传灯录》及《五灯会元》，意近于“正法眼”。

译文

唐代大历以前，明明白白的另是一种言语风格；晚唐，明明白白的另是一种言语风格；本朝各诗人，明明白白的另是一种言语风格。有了这种见识，才算具有“一只眼”。

简评

在这一条中，严羽认为诗歌有时代之声，一代有一代之风貌。“大历以前”即汉魏晋盛唐，但在这里似乎更指向“盛唐”。在盛唐、晚唐和两宋间，诗歌的风貌有巨大的差异，原因在于国力、时代环境、诗人特性等因素。盛唐“神气情”兼备，有宏大的时空魄力，格调高昂如旭日上升；晚唐格局小巧精致，有末代的孤清和浮艳；宋代如入中老年，诗歌有激情过后的冷静老练、哲思理性，也有人生感慨。这就是严羽所说的“别是一副言语”，此条亦可参考“诗体”所举的诗歌例子。

二

盛唐人，有似粗而非粗处，有似拙而非拙处。

简评

“粗”与“精”相对，“拙”与“工”相对。诗歌当然要求“精细”与“工巧”，不过，这些“精细”与“工巧”并非单指表面的华丽、文辞和对仗，而是要求更深层次的韵味、融合。如王维的诗歌，表面看来很平凡，用字、对仗等也不及李商隐精致，但是它却含有不尽之余韵。有时我们看到一件艺术品，外表粗糙古拙，可是感觉有“味道”，这“粗”“拙”并不是真的“粗”“拙”，而是老子说的“大巧若拙”，王安石说的“看似寻常最奇崛，成如容易却艰辛”。

三

五言绝句：众唐人是一样，少陵是一样，韩退之是一样，王荆公是一样，本朝诸公是一样。

译文

五言绝句：众多唐代诗人是一种风格，杜甫是一种风格，韩愈是一种风格，王安石是一种风格，本朝诗人们是一种风格。

简评

这里提到了五言绝句的艺术风格，谁是一种风格，谁又是另一种风格，这是一种“印象式”的分类。唐人众多，又怎会是“一样”？宋诗里梅尧臣、苏轼、黄庭坚、陆游也各有不同。然而，在这诗评中，有着中国古典“诗话”的闲适性，也可以说是“个性”。严羽的分类，似乎由于唐人五绝长于“兴趣情多”，而杜甫则以“景多情少”具深沉人文情怀而著称；韩愈多直白雄怪的语言，如《镜潭》（其实他也有很多含蓄蕴藉的五绝）；王安石则“雅致清丽，脱去流俗”。

四

盛唐人诗，亦有一二滥觞晚唐者，晚唐人诗，亦有一二可入盛唐者，要当论其大概耳。

简评

严羽把唐诗分为初唐、盛唐、大历、元和、晚唐几个时期，这种分类不过是勾勒时代特色，即此条的“当论其大概耳”。盛唐以“神气情”见称，但李颀有幽奇险怪之诗，元结有直白古朴之句，这是中晚唐的特点之一。中晚唐以小巧、孤清、绮丽见称，但刘禹锡风情朗丽，杜牧咏史爽快劲健，罗隐激愤畅快，也有些盛唐之气象。

五

唐人与本朝人诗，未论工拙，直是气象不同。

简评

“唐诗”与“宋诗”大有不同，严羽在诗话中已经表述多次。简言之，唐诗气象如青少年旭日初升，宋诗气象如中老年沉静练达，在此不详述。

六

唐人命题，言语亦自不同。杂古人之集而观之，不必见诗，望其题引而知其为唐人今人矣。

译文

唐代诗人的诗歌命题语言亦自与宋人不同，把古人诗集杂放在一起观看，不用看诗歌，看它的诗题便已知它是唐人还是宋人的作品了。

简评

唐诗和宋诗各有其喜爱的诗歌题材，可以说，两代的文化“潮流”是不同的。除了共同的风花雪月外，唐诗多怀巨大的梦想激情，命题多是送别、咏古、边塞、歌吟，而宋诗则在生活中发现美，多为和韵、赠诗、禅寺、煎茶和生活琐事。

七

大历之诗，高者尚未失盛唐①，下者渐入晚唐矣。晚唐之下者，亦堕野狐外道鬼窟中②。

注释

①郭绍虞先生《沧浪诗话校注》使用的正德本，作“高者尚未‘失’盛唐”。有的本子作“未‘识’盛唐”。

②郭绍虞先生《沧浪诗话校注》使用的正德本，作“亦‘堕’野狐外道鬼窟中”。

译文

大历诗歌，其中高超的尚未失去盛唐气象，下等的渐渐落入晚唐气格了。晚唐的下等诗歌，则堕入旁门左道诗歌的鬼窟之中。

简评

“未识盛唐”与“未失盛唐”，两者分别巨大，前者指大历之诗已“不识盛唐”了，即已失却盛唐之美，后者指大历之诗“尚有盛唐之风”。按《沧浪诗话》“诗辨”部分，严羽说“汉魏晋与盛唐之诗，则第一义也。大历以还之诗，则小乘禅也，已落第二义矣。晚唐之诗，则声闻辟支果也”，他的盛唐分界是“大历以前”，又由于他对中唐诗人白居易、韦应物、韩愈等也有推崇，因此这里应是“高者尚未‘失’盛唐”。

而晚唐以下，即五代而至宋，皆是“野狐外道”，则是严羽一贯的逻辑。

八

或问："唐诗何以胜我朝？"唐以诗取士，故多专门之学，我朝之诗所以不及也。

译文

有人问："唐诗为什么胜过宋诗？"唐时用诗歌开科取士，因此与诗有关的事体专业化了，宋诗则做不到。

简评

严羽认为唐诗胜过宋诗，其中一个很大的原因，是唐代以诗取士，这个说法其实并不完全正确。

唐代有很多用以取士的考试科目，唐玄宗开元、天宝之际，"进士"科发展成以诗赋取士，无疑促进了更多人写诗，为了兴趣，也为了官位，诗人们对诗歌可谓呕心沥血。不过现存的唐代应试诗，大都写得不好，很多大诗人如王昌龄、钱起、孟浩然、李商隐，其应试诗都苍白无力。这应是由于进士科考试要规定诗赋的题材，限意限韵限律，诸多限制扼杀了诗歌的灵动，好比高考作文命题，因此大都写不出什么流传千古的好诗。

那么，科举与唐代诗歌有什么关系呢？学者程千帆先生提到："对于唐代文学发展起着积极促进作用的，并非进士科举制度本身，而是在这种制度下所形成的行卷这一特殊风尚。""行卷"是指应试的诗人把自己平时所写之诗文作品，在考试前呈送给当时具影响力的人士欣赏，并由他们向主考官进行推荐。唐代主考官在录取进士时，可以询问他人的意见，谓之“通榜”，具有好的行卷作品之诗人，甚至在考试前已被点名成为进士，比如说白居易就是以“野火烧不尽，春风吹又生”而行卷成功。因此，作好诗而得进士，并不一定要在考场之内实现，也可在考场之外，这无疑让唐代诗人更加注意日常诗歌的创作。

九

诗有词、理、意兴。南朝人尚词而病于理；本朝人尚理而病于意兴；唐人尚意兴而理在其中；汉魏之诗，词理意兴，无迹可求。

译文

诗歌有“词”“理”“意兴”。南朝诗人崇尚“词”而欠缺“理”；本朝诗人崇尚“理”而欠缺“意兴”；唐朝诗人崇尚“意兴”而“理”在诗中；汉魏的诗歌，“词”“理”“意兴”，融会而无迹可求。

简评

词是“辞采”，理是“哲理”，意兴是严羽反复提及的“兴趣”“兴致”“言有尽而意无穷”之韵味。

“尚词而病于理”的南朝，大概是指宋齐梁陈四朝。崇尚辞采而无哲理，应是指齐梁体、宫体诗歌和南朝乐府情歌，这些诗都是唯美的，不只辞采柔美，格调亦梦幻。它们多是咏物、美景、美女、情爱，而志向和人生体验算不上刚健，如下诗：

对户一株梅，新花落故栽。
燕拾还莲井，风吹上镜台。
娼家怨思妾，楼上独徘徊。
啼看竹叶锦，簪罢未能裁。

《梅花落》 徐陵

“本朝人尚理而病于意兴”，即宋代诗歌“以文字为诗，以才学为诗，以议论为诗”的哲理化倾向，大多数欠缺韵味浓郁的意象，却有理性的精警之美，如下诗：

横看成岭侧成峰，远近高低各不同。
不识庐山真面目，只缘身在此山中。

《题西林壁》 苏轼

“唐人尚意兴而理在其中”，即说唐诗有意象，韵味幽远浓郁，又包含着哲思，这“理”不是陈述出来的，而是在意象中散发出来的，最具代表性的可算是王维诗。

空山新雨后，天气晚来秋。
明月松间照，清泉石上流。
竹喧归浣女，莲动下渔舟。
随意春芳歇，王孙自可留。

《山居秋暝》 王维

“汉魏之诗，词理意兴，无迹可求”，即说汉魏之诗的文辞、哲思和韵味，三者完美融合，不能分割，但这个判断比南朝诗、唐诗、宋诗难于理解。按现代人的品味，可能会觉得汉魏古诗文采并不太出众，“古味”也没有严羽说得那么美好。不过，或许是由于其崇古思想的影响，严羽和很多古人都秉承这个思想，他们认为汉魏诗歌古朴而有味道，离《诗经》较近，是最“天然去雕饰”的诗歌，如下诗：

青青河畔草，郁郁园中柳。

盈盈楼上女，皎皎当窗牖。
娥娥红粉妆，纤纤出素手。
昔为倡家女，今为荡子妇。
荡子行不归，空床难独守。

《古诗十九首·青青河畔草》

十

汉魏古诗，气象混沌[①]，难以句摘。晋以还方有佳句，如渊明“采菊东篱下，悠然见南山”[②]，谢灵运“池塘生春草”之类[③]。谢所以不及陶者，康乐之诗精工，渊明之诗质而自然耳。

注释

①气象混沌：即诗的体制、文辞、韵味结合无间，不能分割。

②此句出自陶潜《饮酒》二十首的其中一首。

③此句出自谢灵运《登池上楼诗》。

译文

汉魏古诗，它的体制、文辞、韵味结合无间，难以摘出佳句。晋以后才有佳句，例如陶渊明“采菊东篱下，悠然见南山”，谢灵运“池塘生春草”之类。谢灵运的诗歌之所以不及陶渊明，乃因谢诗人为精巧，陶诗质朴自然而已。

简评

诗歌是发展的，上古及汉魏诗歌处于发展初期，文辞功力没有后世精致，却有一种古朴之美，整体结合也有一种上古的大度。到了魏晋，诗人每每锻炼辞采，对偶句也发展起来，因此诗中往往出现“佳句”。汉魏古诗虽美在整体，其实也有“佳句”，不过是晋以后可摘的佳句更多了，严羽这里所说的“佳句”，当是诗歌文辞、对仗发展到一定阶段的产物。

陶潜与谢灵运，两人都生于晋宋之际，也写自然山水，因此并称为“陶谢”。然而，南朝时人们所欣赏的是华丽辞采与对仗，陶诗太简洁了，因此南朝时谢灵运的地位比陶潜要高得多。

陶潜在诗歌史上的地位，是在宋代及其以后才发展起来的。陶潜的诗歌简练，以平凡的文字写出了清明而超越的韵味，有一种人生的感应，那完美的结合得到宋代诗人的认同，如苏轼便说他的诗歌“质而实绮，癯而实腴”，还写了《和陶诗》，后人也和作不断。原因之一是宋代以后都谈禅、谈意境，喜爱淡远超脱之美，严羽也持此种看法。陶诗“质而自然”，相比起来，谢诗的辞采“精工”有种“做作”之感，这种观点一直延续至当今文学史。

此条的诗歌如下：

结庐在人境，而无车马喧。
问君何能尔，心远地自偏。
采菊东篱下，悠然见南山。
山气日夕佳，飞鸟相与还。
此还有真意，欲辨已忘言。

《饮酒》其五　陶潜

潜虬媚幽姿，飞鸿响远音。
薄霄愧云浮，栖川怍渊沈。
进德智所拙，退耕力不任。
徇禄反穷海，卧疴对空林。
衾枕昧节候，褰开暂窥临。

倾耳聆波澜，举目眺岖嵚。
初景革绪风，新阳改故阴。
池塘生春草，园柳变鸣禽。
祁祁伤豳歌，萋萋感楚吟。
索居易永久，离群难处心。
持操岂独古，无闷征在今。

《登池上楼诗》 谢灵运

十一

谢灵运之诗，无一篇不佳。

译文

谢灵运的诗，篇篇均为上佳之作。

简评

谢灵运的山水诗，历来备受好评，这里说的“无一篇不佳”，是一贯的看法。前一段中严羽说谢灵运诗不如陶渊明诗，并不代表谢诗不好，也不代表严羽前言不对后语。《沧浪诗话》的“诗评”，各条之间并不完全连贯，有时是独立的，对谢灵运的评判，在不同的对比之下，自有不同的结论。

十二

黄初之后，惟阮籍《咏怀》之作，极为高古，有建安风骨。晋人舍陶渊明、阮嗣宗外[①]，惟左太冲高出一时，陆士衡独在诸公之下[②]。

注释

①阮嗣宗：即阮籍，字嗣宗。

②左太冲：即左思，字太冲。陆士衡：即陆机，字士衡。

译文

黄初之后，唯有阮籍《咏怀》诗，极为高古，有建安风骨。晋朝诗人除了陶渊明、阮籍外，唯有左思高于当时的诗人，陆机诗歌独在各大诗人之下。

简评

这一条提及的诗人如按时间顺序排列，应是阮籍、左思、陆机、陶潜，四者由西晋至东晋。阮籍《咏怀》有十三首四言诗，八十二首五言诗，严羽评其有“建安风骨”。“建安风骨”以慷慨悲凉见称，有一种“骨力”，宛如顶天立地的汉子，语言尚有古朴之感。《咏怀》没有慷慨激昂之气，但语言也是较古朴的，其风格含蓄幽远，寄托遥深，这似乎是严羽对其极力推崇的原因。

严羽较为喜爱清远、有骨气的诗歌，因此晋诗人中以阮籍和陶潜为首，另外，左思的《咏史》诗也是有骨力的作品。相比之下，陆机诗歌流丽、辞采繁缛，这应是严羽评他为“诸公之下”的原因。

十三

颜不如鲍，鲍不如谢①。文中子独取颜②，非也。

注释

①颜、鲍、谢：即颜延之、鲍照、谢灵运，南朝宋代人，并称为“元嘉三大家”。

②文中子：即王通，字仲淹，隋朝人，后人称他为“文中子”，其著作《中说》也称《文中子》。《文中子·事君篇》论南朝文人，谓谢灵运是“小人”，鲍照为“狷人”，颜延之为“君子”，其文“约以则”。

译文

颜延之诗歌比不上鲍照，鲍照诗歌比不上谢灵运。王通独取颜延之，这是不对的。

简评

王通评“元嘉三大家”，以儒家思想论诗，着重诗文中“经国治世”一面，因而以颜延之为首，鲍照、谢灵运次之。严羽则不论诗歌的“内容”，着重艺术表现，颜延之诗歌“错采镂金”，谢灵运诗歌“出水芙蓉”，鲍照诗歌“明丽俊逸”，三人有不同的特色，颜延之诗歌过于繁缛，因此是三大家中较下的，众诗家历来对此都无异议。至于鲍照与谢灵运谁高谁低，这便有不同的见解了，严羽表示“鲍不如谢”，应该是由于他较为喜爱自然幽淡的诗歌。

十四

建安之作，全在气象，不可寻枝摘叶。灵运之诗，已是彻首尾成对句矣，是以不及建安也。

译文

建安诗歌，在于气象浑然一体，不能断章摘句。谢灵运的诗歌，已经是由头到尾成为对偶句了，因此比不上建安诗歌。

简评

建安是汉献帝的年号，诗歌基本上仍沿“汉风”。谢灵运身处晋宋之际，已入南朝，汉末诗歌与六朝诗歌，基本上是两种不同的风格。建安风骨，有大汉古朴，文辞尚未过于精巧，其“气象”是大汉天朝末世所体现的“雄浑苍茫”，诗歌浑然一体，有一种体制、文辞、风格融合的气势。不过，严羽说“不可寻枝摘叶”，这种说法夸大了，如曹操“对酒当歌，人生几何。譬如朝露，去日苦多”（《短歌行》），亦是千古名句。谢灵运之诗，从头到尾都是对仗句，这是六朝诗歌崇尚辞藻“精致”的表现，如“日末涧增波，云生岭逾叠”（《登上戍石鼓山诗》），“气象”讲求崇高宏大，过于细致当然短于气象，这就是谢灵运之诗“气象不及建安”的原因，而非谢灵运之诗低于建安诸人。

十五

谢朓之诗[①]，已有全篇似唐人者，当观其集方知之。

注释

①谢朓：字玄晖，也称谢宣城，南朝齐代人，诗歌清丽，声律美妙，常有精美的对句。

译文

谢朓的诗歌，已经有一些全篇似唐人诗歌了，得看他的诗集才能得知这一点。

简评

谢朓曾说“好诗圆美流转如弹丸”，他的诗歌清新精美，声律铿锵，是唐代格律诗的先声，因此自有一股“唐风”。李白特别喜爱他，常常在诗中加以赞美，唐代许多诗人都表示曾学习过他。大家可以欣赏一下他的一首小诗：

绿草蔓如丝，杂树红英发。
无论君不归，君归芳已歇。

《王孙游》　谢朓

十六

戎昱在盛唐为最下①，已滥觞晚唐矣。戎昱之诗，有绝似晚唐者。权德舆之诗②，却有绝似盛唐者。权德舆或有似韦苏州、刘长卿处。

注释

①戎昱：盛唐诗人，时间上稍入大历，他的诗歌较为孤清。

②权德舆：字载之，大历至中唐诗人，诗歌有恢宏的气势，具有意象感。

译文

戎昱在盛唐诗人中属最下的，为晚唐诗的滥觞。戎昱的诗有极像晚唐的，权德舆的诗却有极像盛唐的。权德舆的诗有时会有极似韦应物与刘长卿之处。

简评

盛唐诗人的诗境普遍积极向上，辽阔高昂。戎昱诗歌的格局较小，诗境寂寥，与中晚唐诗风相近，这完全是戎昱的个性使然。诗歌风格千变万化，严羽说他“在盛唐为最下”，语气稍重了。权德舆与戎昱相反，他身处中唐但诗风开阔，不太凄楚，因而受到严羽称赞。以下是他们的诗歌：

坐到三更尽，归仍万里赊。

雪声偏傍竹，寒梦不离家。
晓角分残漏，孤灯落碎花。
二年随骠骑，辛苦向天涯。

《桂州腊夜》 戎昱

十年曾一别，征路此相逢。
马首向何处，夕阳千万峰。

《岭上逢久别者又别》 权德舆

十七

顾况诗多在元、白之上，稍有盛唐风骨处。[1]冷朝阳在大历才子中为最下[2]。马戴在晚唐诸人之上[3]。刘沧、吕温亦胜诸人[4]。李濒不全是晚唐[5]，间有似刘随州处[6]。陈陶之诗[7]，在晚唐人中，最无可观。薛逢最浅俗[8]。

注释

①此条是郭绍虞先生据《诗人玉屑》版本补出来的，本书所据的版本没有此条。顾况：字逋翁，中唐诗人，在当时非常著名。

②冷朝阳：大历诗人，现存文献中，“大历十才子”中没有他的名字，他流传下来的诗歌也很少，在《全唐诗》中只有十一首诗。

③马戴：字虞臣，晚唐诗人，其诗无晚唐的凄楚或艳丽。

④刘沧：字蕴灵。吕温：字和叔。两者同为晚唐诗人，但诗风较为俊逸。

⑤李濒：即李频，字德新，晚唐诗人，诗歌语言较清新。

⑥刘随州：即刘长卿，盛唐诗人。

⑦陈陶：字嵩伯，晚唐诗人。

⑧薛逢：字陶臣，晚唐诗人。

译文

顾况大部分的诗歌都在元稹、白居易之上，有些地方稍有盛唐风格与骨力。冷朝阳在大历诗人群中为最低下；马戴的诗歌在晚唐众诗人之上；刘沧、吕温亦比晚唐众诗人优胜；李频的诗歌不全是晚唐语言，间或有似刘长卿的地方；陈陶的诗歌，在晚唐诗人中最无可观；薛逢的诗歌最浅俗。

简评

顾况是中唐著名诗人，较白居易年长。这里有一个小故事：白居易参加科举考试，拿着自己的诗歌去拜访顾况，向他行卷。他看到白居易的名字，便戏说“长安百物贵，居大不易”，但当看到“野火烧不尽，春风吹又生”之句时，便叹说“有句如此，居天下有甚难，老夫前言戏之耳”。

严羽称“顾况诗多在元、白之上”，大抵由于元白较俗白，而顾况较具意象韵味，如下诗：

山中好处无人别，涧梅伪作山中雪。
野客相逢夜不眠，山中童子烧松节。

《山中赠客》　顾况

“冷朝阳”等句的评论，严羽所持的观点，大概为轻中、晚唐的悲孤绮丽之风，马戴、刘沧、吕温、李频，他们的诗风都不是典型的“晚唐”风格，如马戴《蛮家》与李频《自遣》，颇为清新，怡然自得，并无悲清之感，而刘沧《长洲怀古》与吕温《刘郎浦口号》，皆有雄俊之气。

冷朝阳是大历诗人，没有太另类之处，因此严羽评他“在大历才子中为最下”，有点让人摸不着头脑。陈陶之诗也并非无可取之处，他的《陇西行》“可怜无定河边骨，犹是春闺梦里人”，亦是流传千古之作。很多诗评家就这一点反驳过严羽。至于薛逢的“浅俗”，可能由于流传下来的诗歌不多，因此并不太明显。

过云寻释子，话别更依依。
静室开来久，游人到自稀。
触风香气尽，隔水磬声微。
独傍孤松立，尘中多是非。

《别郎上人》　冷朝阳

领得卖珠钱，还归铜柱边。
看儿调小象，打鼓放新船。
醉后眠神树，耕时语瘴烟。
又逢衰蹇老，相问莫知年。

《蛮家》　马戴

野烧原空尽荻灰，吴王此地有楼台。
千年事往人何在，半夜月明潮自来。
白鸟影从江树没，清猿声入楚云哀。
停车日晚荐苹藻，风静寒塘花正开。

《长洲怀古》　刘沧

吴蜀成婚此水浔，明珠步障幄黄金。
谁将一女轻天下，欲换刘郎鼎峙心。

《刘郎浦口号》　吕温

（注：刘郎浦是一地名，此诗说刘备娶孙权妹为妻之旧事。）

永拟东归把钓丝，将行忽起半心疑。
青云道是不平地，还有平人上得时。

《自遣》 李频

誓扫匈奴不顾身，五千貂锦丧胡尘。
可怜无定河边骨，犹是春闺梦里人。

《陇西行》 陈陶

六街尘起鼓冬冬，马足车轮在处通。
百役并驱衣食内，四民长走路岐中。
年光与物随流水，世事如花落晓风。
名利到身无了日，不知今古旋成空。

《六街尘》 薛逢

十八

大历以后，吾所深取者，李长吉、柳子厚、刘言史①、权德舆、李涉②、李益耳。

注释

①刘言史：中唐诗人，因诏授枣强令，又称刘枣强，与李贺同时，诗歌美丽恢赡。

②李涉：中唐诗人，自号清谿子，因任国子博士，又称李博士。

简评

大历至中唐时期，有很多有特色的诗人，如李贺、柳宗元、刘言史、权德舆、李涉、李益等。

李贺奇诡，柳宗元清淡，都比较有名，其他人在诗坛上亦占有一席位。上文已说过权德舆，严羽说他“有绝似盛唐”之处。刘言史的诗歌美丽出众，他与孟郊友好，如《七夕歌》“星寥寥兮月细轮，佳期可想兮不可亲。……碧空露重彩盘湿，花上乞得蜘蛛丝”，很有宋词的梦幻韵味。李涉人称李博士，诗名甚大，《云溪友议》记载李涉坐船去探望弟弟，途中遇到盗匪，盗匪问船家船中何人，船家答是李涉博士，盗匪听后不劫船，反而求诗，名句“偷得浮生半日闲”就是出自李涉的诗歌。李益为中唐边塞诗的代表人物，也是名重一时的诗人，有很多脍炙人口的作品。

星寥寥兮月细轮，佳期可想兮不可亲。
云衣香薄妆态新，彩軿悠悠渡天津。
玉幌相逢夜将极，妖红惨黛生愁色。
寂寞低容入旧机，歇著金梭思往夕。
人间不见因谁知，万家闺艳求此时。
碧空露重彩盘湿，花上乞得蜘蛛丝。

《七夕歌》 刘言史

终日昏昏醉梦间，忽闻春尽强登山。
因过竹院逢僧话，偷得浮生半日闲。

《题鹤林寺僧舍》 李涉

（注：鹤林寺址在今江苏镇江。）

回乐峰前沙似雪，受降城下月如霜。
不知何处吹芦管，一夜征人尽望乡。

《夜上受降城闻笛》 李益

十九

大历后，刘梦得之绝句①，张籍王建之乐府，吾所深取耳。

注释

①刘梦得：即刘禹锡，字梦得，中唐诗人，咏史诗精练，但以学习民歌的清新诗歌最为著名。

简评

张籍、王建的乐府诗，在“诗体三”已有介绍，此不赘述。刘禹锡的绝句，大致有咏史诗与闲情诗，咏史深沉，闲情活泼，其《竹枝词》非常著名。这一组《竹枝词》模仿民歌，却不俚俗，清新活泼。

杨柳青青江水平，闻郎江上唱歌声。
东边日出西边雨，道是无晴却有晴。

《竹枝词》 刘禹锡

二十

李杜二公，正不当优劣。太白有一二妙处，子美不能道；子美有一二妙处，太白不能作。

译文

李白、杜甫二人，不能分辨谁优谁劣。李白有些高妙之处，杜甫不能写出来；杜甫有些高妙之处，李白不能写出来。

二十一

子美不能为太白之飘逸，太白不能为子美之沉郁。太白《梦游天姥吟》《远别离》等[1]，子美不能道；子美《北征》《兵车行》《垂老别》等，太白不能作。论诗以李杜为准，挟天子以令诸侯也。

注释

①《梦游天姥吟》：《全唐诗》作《梦游天姥吟留别》。

译文

杜甫不能写出李白之飘逸，李白不能写出杜甫之沉郁。李白《梦游天姥吟留别》《远别离》等诗歌，杜甫写不出来，杜甫《北征》《兵车行》《垂老别》等诗歌，李白写不出来。论诗以李白、杜甫为标准，犹如“挟天子以令诸侯”。

二十二

少陵诗法如孙吴[1]，太白诗法如李广[2]。少陵如节制之师[4]。

注释

①孙吴：先秦兵法家孙武、吴起，两人都有兵书著作，如《孙子兵法》《吴子》。《吴子》或为伪作，或为残书。两人皆是“兵家”的代表。

②李广：西汉名将，被誉为“飞将军”，雄俊无双。

③节制：这里指有规矩、有制度可循。

译文

杜甫的诗法如孙武、吴起行军，李白的诗法如李广用兵。杜甫诗犹如有规矩、有制度可循的军队。

简评

第二十至二十二条，因为都是李白与杜甫的对比，所以结合起来一起说。

严羽说李杜二人不能分出谁优谁劣，这是针对宋代关于李杜的评论而发的。李杜二人诗坛宗师的地位，是自宋代开始建立的。那些喜爱雄奇飞扬的人士如杨亿、欧阳修，对李白称赞有加，然而又有些人如苏辙说李白“华而不实”“不知义理”。由于“学诗”之风及种种因素，宋朝人士普遍学习杜甫的诗法，因此杜甫的地位似乎比李白更高。关于李杜诗歌水平高低的讨论，在宋代纷至沓来，并无定论。严羽说李杜之好各在不同之处，是很中肯的话。

李白和杜甫各有妙处，对方不能道——这就是两人诗风的独特之处，李白飘逸如仙，杜甫沉郁如儒，刚好是诗美的两个端点。李白的飘逸无定像李广行军，无法度可寻，是“天才论”的代表，杜甫的沉郁跌宕如读孙吴兵法，自有法序可依，是“学习论”的典范，这也是创作的两大方向。风格和创作各走两端，两人结合起来便是“天才与学习”“道家与儒学”，已囊括了中国诗艺的最主要板块，这就是严羽说“论诗以李杜为准，挟天子以令诸侯也”的原因。

二十三

少陵诗，宪章汉魏，而取材于六朝；至其自得之妙，则前辈所谓集大成者也。

译文

杜甫诗歌，效法汉魏诗体，而诗材取于六朝，至于他自我得意之妙处，则是前辈所说的“集大成”了。

简评

杜甫诗歌，在格调上有汉魏的沉郁古风，在文辞上有六朝的炼字对偶，然而他并不止步于此。在此基础上，他融合众家而深具独特之处，发展出属于“杜甫”的诗歌。在内容与题材上，他有发扬；在字法、句法、音法上，他也有新的尝试。宋代种种诗法，大部分都能上溯至杜甫，唐代元稹、宋代宋祁、苏轼、秦观，都有杜甫集古今大成之语，因此严羽这一评判，也是比较流行的说法。

二十四

观太白诗者，要识真太白处。太白天才豪逸，语多卒然而成者。学者于每篇中，要识其安身立命处可也。太白发句，谓之开门见山。①

注释

①另一版本中，"太白发句，谓之开门见山"另为一条。

译文

看李白诗歌的人，要看得到诗中"真太白"之所在。李白天才豪逸，语言多有猝然而成的地方。学诗的人在每篇诗歌当中，要看得到他安身立命的部分。李白诗歌的发句，称之为"开门见山"。

简评

读杜甫诗，可欣赏诗意，也可欣赏诗法，但欣赏李白的诗，主要是欣赏李白的天才与个人魅力。"抽刀断水水更流，举杯销愁愁更愁""人生得意须尽欢，莫使金樽空对月""清风朗月不用一钱买，玉山自倒非人推""云想衣裳花想容，春风拂槛露华浓"……处处都是壮逸豪情与惊世才华。宋朝范温《潜溪诗眼》云"山谷言学者若不见古人用意处，但得其皮毛，所以去之更远。如'风吹柳花满店香'，若人复能此句，亦未是太白……'请君试问东流水，别意与之谁短长'，至此乃真太白妙处"，"真太白"应是只有李白才能道的语言。宋代吕本中说“李白诗……气盖一时”，那气势以及李白的“口吻”，造就了李白极端“个性化”的诗歌，也是读者要识的“真太白”。然而，严羽说的李白之“安身立命处”是什么？是他的真个性？还是他的处世之道？历来诗人学者都觉得晦暗难明。

李白的发句之好，是古代诗人中数一数二的，尤其是具有一鼓作气的气势，或许由于他写诗凭借才情的涌现，因此得此强劲的发句吧。

二十五

李杜数公，如金鸩擘海[①]，香象渡河[②]。下视郊岛辈，直虫吟草间耳。

注释

①鸩：即翅。擘：分开。金鸩是大鹏金翅鸟，即天龙八部中的“迦楼罗”，以龙为食，用巨翅擘开海水捕龙。“金鸩擘海”出自《华严经》。这里指诗歌“笔力雄壮”。

②此为佛门譬喻，载于《传灯录》。佛所说的法，因人根器不同，而证有深浅，如同兔马象三种动物渡河，兔浮于河，马则半浮半沉，象则彻底截流。这里指诗歌“气象浑厚”。

译文

李白、杜甫几位诗人，宛如大鹏金翅鸟擘开海水，香象渡过河流。（以他们的高度）俯瞰孟郊、贾岛等诗人，则孟贾等仅如小虫在草丛间鸣吟而已。

简评

严羽这一批评应来源于欧阳修，他的《读李白集》写道：“下看区区郊与岛，萤飞露湿吟秋草。”李白、杜甫二人的诗歌，笔力雄壮、气象浑厚，如李白《蜀道难》“蜀道之难，难于上青天”，发句便纵横天下，在这两点上，孟郊和贾岛等人望尘莫及。孟郊、贾岛等是一种孤清的诗风，诗歌格局小巧，他们的天才之处在于，他们善于感受内心与外境的清寂，并苦苦追求妥帖的字眼，如贾岛《旅游》“空巢霜叶落，疏牖水萤穿。留得林僧宿，中宵坐默然”句，便有着一种从尘世返回内心之感。可以说，李白、杜甫的诗是外向的，对世界怀着巨大热情，而孟郊、贾岛是内向的，大千世界都返回自己的心中，这是两种很不同的风格。

二十六

人言太白仙才，长吉鬼才[①]。不然，太白天仙之词，长吉鬼仙之词耳。

注释

①阮阅《诗话总龟》引宋景文评唐人诗云:“太白仙才，长吉鬼才。”

简评

李白诗仙，李贺诗鬼，这一评价很多人都承认，如《海录碎事》言唐人以为“李白为天才绝，白居易人才绝，李贺鬼才绝”，王士禛亦戏言“李白飞仙语，李贺才鬼语”。考其原因，大概是因为李白诗歌，有一种纵横天下的气势，而且李白的想象多是上天入地、摘月寻龙，每每开门见山。譬如《有所思》，整首诗歌就像李白在天上俯瞰大地，碧海天风，白波长鲸，这些巨大的东西尽在李白眼皮之下。而李贺呢，他的想象也是奇特的，不过却显得神秘诡异，有一种阴暗的色调，其语言之奇鲜犹如秘术，为他摘下“鬼才”一语。如诗歌《巫山高》，如同李白一样，他也写大山和大江，不过在“碧丛丛，高插天，大江翻澜神曳烟”后，他就转向幽冷情调，写风写寒写古祠，他不如李白节节飞升，而是“坠下”，寻魂入梦，雨生苔钱，最后连椒花也坠下了。在这里，严羽不但指出两人的相异——“天”与“鬼”，也指出两人的相同——“仙”，这“仙”应该是两人都想象奇特，飘逸变幻，上天入地，不同的是他们似乎是一枚钱币的两面。

我思仙人，乃在碧海之东隅。
海寒多天风，白波连山倒蓬壶。
长鲸喷涌不可涉，抚心茫茫泪如珠。
西来青鸟东飞去，愿寄一书谢麻姑。

《有所思》 李白

碧丛丛，高插天，大江翻澜神曳烟。
楚魂寻梦风飔然，晓风飞雨生苔钱。
瑶姬一去一千年，丁香筇竹啼老猿。
古祠近月蟾桂寒，椒花坠红湿云间。

《巫山高》 李贺

二十七

玉川之怪[1]，长吉之瑰诡，天地间自欠此体不得。

注释

①玉川：即卢仝。

译文

卢仝诗歌的怪异，李贺诗歌的瑰丽奇诡，天地间自是不能欠缺此等诗体。

简评

诗歌有不同的风格，有些诗人风格较偏僻，如卢仝与李贺，他们的风格在中国古典诗歌中是很少见的。卢仝以怪著称，他的诗歌题材奇特，如《月蚀诗》《客赠石》《石让竹》《竹答客》《夏夜闻蚯蚓吟》，意念与用语也奇奇怪怪的，如《客淮南病》“扬州蒸毒似燂汤，客病清枯鬓欲霜。且喜闭门无俗物，四肢安稳一张床”。李贺的瑰诡，是奇诡的想象和瑰丽的语言，如前一条所引的《巫山高》，雨下着生苔是很正常的，但他却说“苔钱”，以钱的形状和铁青颜色配合青苔，有强烈的视觉效果，又“红湿”，红是颜色，湿是感觉，为何会又“红”又“湿”？这让读者感到，椒花的大量红瓣落在雨露浓重之处，这些语言是一种奇特的华丽，所以称“瑰诡”。有些诗人不太喜欢他们的诗，觉得阴风阵阵，但严羽说得好，诗歌必须存在不同的风格，“天地间自欠此体不得”。

二十八

高岑之诗悲壮，读之使人感慨；孟郊之诗刻苦，读之使人不欢。

译文

高适、岑参的诗歌悲壮，读它们让人心生感慨；孟郊的诗歌刻苦，读它们让人心感难受。

简评

高适、岑参诗歌多侠气，尤以边塞诗著名，他们的诗不只有异域风光，更有豪情壮志与战争的苍凉，如《过碛》“黄沙碛里客行迷，四望云天直下低。为言地尽天还尽，行到安西更向西”。严羽说“使人感慨”，或许就是那战事行旅带给读者的生命感慨。而孟郊之诗孤清寒苦，苏轼《读孟郊》诗道“人生如朝露，日夜火销膏。何苦将两耳，听此寒虫号”，这“寒虫”就是孟郊。孟郊的诗有些很高古，如《长安旅情》“玉京十二楼，峨峨倚青翠。下有千朱门，何门荐孤士”，但也有很悲苦的诗歌，如《秋怀》“老骨惧秋月，秋月刀剑棱。纤辉不可干，冷魂坐自凝……”，想他生活得如此悲孤，诗又如此寒人心骨，读他的诗当然让人心里悲忧。严羽说“读之使人不欢”，就是这个意思吧。

二十九

楚词，惟屈、宋诸篇当读之①。外惟贾谊《怀长沙》②、淮南王《招隐》③、严夫子《哀时命》④，宜熟读。此外亦不必也。

注释

①屈：屈原，战国末期楚国人，作品有《离骚》《九歌》《九章》《天问》等。宋：宋玉，战国末期楚国人，作品有《九辩》《高唐赋》《登徒子好色赋》等。

②贾谊：西汉文学家，少有才名，二十岁被汉文帝召为博士，后来贬谪楚地长沙，感念屈原而写下《吊屈原赋》。贾谊并没有《怀长沙》之作，这里疑是《吊屈原赋》。

③淮南王：即汉高祖刘邦之孙刘安，封淮南王，有《招隐》赋，内容劝王孙结束隐士生活，回到社会，诗赋集中题命为《招隐》或《招隐士》。

④严夫子：即庄忌，东汉文学家，因避明帝刘庄之讳，改姓严，哀屈原而作《哀时命》。

译文

楚辞当读屈原、宋玉作品，此外只有贾谊《怀长沙》、淮南王《招隐》、严忌《哀时命》值得反复诵读，其余人等就不必关注了。

简评

《楚辞》是中国古代文学中的瑰宝，内容包括屈原、宋玉、唐勒、景差等人的作品。他们的诗歌“作楚声，纪楚地，名楚物”，句法多用“兮”字，有楚国巫祀式的浪漫奇异和丰富的想象，如《离骚》“惟草木之零落兮，恐美人之迟暮”“路漫漫其修远兮，吾将上下而求索”，因为《离骚》特别著名，所以此种文体又称“骚体”。《楚辞》与《诗经》被看作是中国诗歌的源头，合称“风骚”。

后来有些作者还在写作《楚辞》式的诗歌，但它毕竟没有五七言诗发展蓬勃。汉代在《楚辞》的基础上发展出辞赋。汉赋有骚体赋、汉大赋与抒情小赋之分，基本上骚体赋的语气和句法最似《楚辞》，赋中也带“兮”字，如淮南王刘安《招隐》“王孙游兮不归，春草生兮萋萋”。汉大赋有所变化，内容歌颂巨大雄伟之物，语言铺张阔大、上天入地，已少见“兮”字，如司马相如《上林赋》“奏陶唐氏之舞，听葛天氏之歌。千人唱，万人和。山陵为之震动，川谷为之荡波”。而抒情小赋则是缩小的辞赋，不只体格小，而且以抒发个人幽情为主，如张衡《归田赋》“于是仲春令月，时和气清。原隰郁茂，百草滋荣”。为什么严羽说《楚辞》、贾谊《怀长沙》、淮南王《招隐》、严忌《哀时命》宜熟读，其他不必？现时亦未有定论。不过审视后三者，他们都是骚体赋，与《楚辞》最接近，或许有这个体裁上的因素吧。

三十

《九章》不如《九歌》,《九歌·哀郢》尤妙。

简评

《九歌》与《九章》都是屈原的作品,《九歌》是祭神的乐诗,歌、乐、舞三者合一,共十一篇,分别是《东皇太一》《云中君》《湘君》《湘夫人》《大司命》《少司命》《东君》《河伯》《山鬼》《国殇》《礼魂》。《九章》是屈原的一组抒情诗,分别是《惜诵》《涉江》《哀郢》《抽思》《怀沙》《思美人》《惜往日》《橘颂》《悲回风》。

《哀郢》在《九章》而非《九歌》,内容为屈原哀楚国被秦攻陷,不可能是祭神之作,这一条如此流传,可能是一时笔误,或传写错置。

三十一

前辈谓《大招》胜《招魂》[1]，不然。

注释

① 《大招》:《楚辞》的其中一篇，作者不明，有屈原、宋玉、景差、唐勒等等说法。《招魂》:屈原作品，为招楚怀王生魂而作。

简评

《招魂》和《大招》，两篇都有作者归属问题。《招魂》一篇，古代普遍认为是宋玉所作，如《昭明文选》收《招魂》，系名宋玉，王逸等人也认为是宋玉所作。但据现今的考证，绝大多数学者断定这是屈原作品，是屈原招楚怀王生魂而作的。《大招》的问题更加复杂。东汉王逸在《楚辞章句》里说“《大招》者屈原之作也，或曰景差”，从汉代开始，就已经不能断定谁是《大招》的作者了。明朝胡应麟说是唐勒的，清朝周中孚认为是屈原的，现代学者游国恩认为是无名氏之作，种种说法，莫衷一是。然而，在《沧浪诗话》当中，严羽说的《大招》作者应为景差，《招魂》作者为宋玉。

严羽所说的“前辈”,是宋代大儒朱熹。朱熹在他的《楚辞集注》中认为《招魂》是宋玉的作品，《大招》是景差的作品，他认为《大招》的内容体现了天道的动静伸缩，因而胜《招魂》一筹。朱熹的这种看法，其实是儒家的看法，儒家认为文学体现天道，诗歌应该有经国辅政的功能，而严羽则从艺术出发，因而说“不然”。以文采而言，《招魂》确胜于《大招》。

三十二

读《骚》之久，方识真味；须歌之抑扬，涕洟满襟，然后为识《离骚》，否则如戛釜撞瓮耳[①]。

注释

①戛：敲击。釜：古代的一种锅。瓮：一种盛水、酒的陶器。

译文

阅读《离骚》久了，才明白个中真正滋味，必须以抑扬之声颂咏它，涕泪满襟，这样才明白《离骚》，否则就如敲击炊锅撞击陶瓮了。

简评

《离骚》是屈原的一首带有自传性的抒情长诗，全诗可分为两部分。前一部分是作者自述家世出身，也写自己勤勉不懈，期望辅助国君，振兴国家，不过，由于"党人"谗害，他蒙冤受屈。后一部分写作者愤懑不平，向舜帝诉说，又飞天"周流上下"，寻求美人，他多次飞翔，最后一次飞翔怀念家国，流连不已。整首诗带有奇幻的色彩，他以身披芳草来自喻个人贞德，如"制芰荷以为衣兮，集芙蓉以为裳"，以美人来比喻君王，如"惟草木之零落兮，恐美人之迟暮"。他对国家的眷恋和忠诚，在诗中化作种种感情坚定的誓言，如"亦余心之所善兮，虽九死其犹未悔"。其诗歌情感强烈、文辞幻彩，在这些华彩的言辞意象之下，保存着一颗忠君爱国、忧谗畏讥之心，这就是《离骚》的真味。因此读之久了，感受到他蒙屈之下的爱国之心，是很让人激动的。所以严羽说“须歌之抑扬，涕洟满襟”。

三十三

唐人惟柳子厚深得骚学，退之李观[1]，皆所不及。若皮日休《九讽》[2]，不足为骚。

注释

①李观：字符宾，中唐诗人，与韩愈为友，两人结识于科举之时。

②皮日休：字逸少、袭美，晚唐诗人。

译文

唐人中唯有柳宗元深入得到骚学之法，韩愈和李观都有所不及。譬如皮日休的《九讽》，不足以为骚体。

简评

柳宗元、韩愈、李观、皮日休都写有辞赋，他们的风格各有不同。纵而观之，韩愈辞赋如《感二鸟赋》《闵己赋》较像抒情小赋，文辞较直白；李观辞赋与韩愈相似，如《交难》《授衣赋》;皮日休《九讽》以屈原之作品有大道，能“经正诡俗”而仿作，不过看《九讽》的篇名像《正俗》《遇谤》《见逐》《悲游》《悯邪》《端忧》《纪祀》《舍慕》《洁死》等，似乎过于正经，欠缺诗歌的含蓄寄托韵味。严羽赞赏柳宗元，当是他的《诉螭文》《哀溺文》《吊屈原文》《招海贾文》等篇，在手法上以寄托为主，恰如《离骚》以“香草美人”托寄自身与君主，内容也深慕屈原，如《招海贾文》是变《招魂》之作，以海上险恶、故乡常乐招回海上商贾。

三十四

韩退之《琴操》极高古，正是本色，非唐贤所及。

译文

韩愈的《琴操》极为高古，正是本然之色，不是唐代其他诗人能比得上的。

简评

《琴操》是琴歌，韩愈的《琴操》十首是否合乐可唱，或只是仿古《琴操》之作，已不能考。

韩愈《琴操》十首，仿孔子、周公、文王、古公亶父、尹伯奇等抒发心声，语言古雅，气格高古，手法上使用《诗经》中起兴托寄的方式，如《猗兰操》猗兰之香与荠麦之茂都喻君子之德，雪霜则喻世道小人，韩愈小注曰："孔子伤不逢时，作兰荠麦自喻：'我不用，于我何伤乎？'霜雪贸贸之时，荠麦乃茂，喻已居乱薄之世，自修古人之道。"

兰之猗猗，扬扬其香。不采而佩，于兰何伤？
今天之旋，其曷为然？我行四方，以日以年。
雪霜贸贸，荠麦之茂。子如不伤，我不尔觏。
荠麦之茂，荠麦之有。君子之伤，君子之守。

《猗兰操》　韩愈

三十五

释皎然之诗①，在唐诸僧之上。唐诗僧有法震②、法照③、无可④、护国⑤、灵一⑥、清江⑦、无本⑧、齐己⑨、贯休也⑩。

注释

①释皎然：本姓谢，南朝谢灵运十世孙，中唐诗僧，与颜真卿、韦应物友好。有诗论《诗式》，为历代诗论家所重。

②法震：亦名法振，大历至中唐诗僧。

③法照：大历至中唐诗僧。

④无可：本姓贾，晚唐诗僧，与贾岛等交往密切。

⑤护国：大历至中唐诗僧。

⑥灵一：本姓吴，大历诗僧。

⑦清江：大历至中唐诗僧。

⑧无本：未知其人，贾岛为浮屠时，号无本，这里不知是否指同一人。

⑨齐己：本姓胡，晚唐诗僧。

⑩贯休：本姓姜，晚唐诗僧。

简评

唐多僧人写诗，著名的亦多，大都在大历以后。他们的诗歌不只写自然景物、禅门生活，也写离别、愁思、战事，如释皎然《赋得啼猿送客》："万里巴江外，三声月峡深。何年有此路，几客共沾襟。断壁分垂影，流泉入苦吟。凄凉离别后，闻此更伤心。"唐代诗僧，并非只在禅门挂单，他们多与人交往，也写了许多寄赠的诗歌，如贯休有《寄杜使君》《寄高员外》等诗。可以说，唐代诗僧既入世又出世，其中最著名的是释皎然，他的诗写得很不错，但真正使他名留青史的，却是其论诗之作《诗式》，严羽论诗时很多论调也缘于此书。

三十六

集句惟荆公最长，《胡笳十八拍》混然天成[①]，绝无痕迹，如蔡文姬肺肝间流出[②]。

注释

①相传汉末蔡琰作《胡笳十八拍》，北宋王安石也有同名集句诗。

②蔡文姬：即蔡琰，字文姬，东汉文学家蔡邕之女，博学多才，汉末大乱时被俘至南匈奴十二年，生二子，后曹操以金璧赎回，重嫁董祀。

译文

唯有王安石最擅长集句诗，《胡笳十八拍》浑然天成，没有斧凿的痕迹，宛如从蔡琰肺腑之间流出一样。

简评

《胡笳十八拍》是一首古琴曲，全篇约一千三百字，用骚体写成，相传是蔡文姬之作。《胡笳十八拍》的内容是写一名汉末女子在动乱中为胡人所虏，被逼强留胡地，她非常想念中原。胡地荒寒，腥膻为食，她被迫嫁了胡人，生了孩子。后来，她被赎回，不得不走，又与孩子天涯相隔。这首诗的一拍是一节，也似乎等于一遍曲，十八拍即十八遍，诗歌用骚体，因而情感激烈，语言动人。如写被虏一段“越汉国兮入胡城，亡家失身兮不如无生。毡裘为裳兮骨肉震惊，羯膻为味兮枉遏我情……伤今感昔兮三拍成，衔悲畜恨兮何时平"，诗歌如泣如诉，使人心酸。王安石用集句的方法重写了这首诗，他集用杜甫及其他诗句，写成十八首为一组的七言诗，下面是其中一首：

自断此生休问天，生得胡儿拟弃捐。
一始扶床一初坐，抱携抚视皆可怜。
宁知远使问名姓，引袖拭泪悲且庆。
悲莫悲于生别离，悲在君家留二儿。

《胡笳十八拍十八首》之十三　王安石

"自断此生休问天"句集自杜甫《曲江三章》，"悲莫悲于生别离"句集自屈原《九歌·少司命》。集句与自我创作的句子相互混合，融为一体，没有生拼硬凑之感，写得相当好，把蔡文姬的遭遇娓娓道来，非常感人。

三十七

拟古惟江文通最长[①]，拟渊明似渊明，拟康乐似康乐，拟左思似左思，拟郭璞似郭璞；独拟李都尉一首[②]，不似西汉耳。

注释

①江文通：即江淹，字文通，南朝诗人，历宋、齐、梁三朝，以辞赋、骈文最为著名。

②李都尉：西汉诗人李陵。

译文

唯有江淹最擅长拟古诗，拟陶渊明诗似陶渊明，拟谢灵运诗似谢灵运，拟左思诗似左思，拟郭璞诗似郭璞，唯独一首拟李陵诗，不似西汉风格而已。

简评

江淹的辞赋与鲍照并称，在诗歌方面，有大量的“模拟诗”，钟嵘《诗品》也说他“善于模拟”。

六朝诗人多有模拟诗歌，如晋陆机“拟古诗十九首”，鲍照有多首“代古乐府”。古人常常“拟”“代”诗歌，拟古之作，有拟其声，有拟其意，有声意并拟。这种诗歌容易被人忽略，原因在于拟古是模仿原诗的体制、语气、诗意、声情，它并非原创，容易被人评为“优孟衣冠”，因模仿所限，其意难于变换翻新，加上所拟的原诗往往是千古绝唱，因而更难超越。其实，这种模拟行为，是古代诗人们学习写诗的一种方式。“似”是非常难的，模拟的作者要抓住被拟者的语气、思维方式、行文特点，要对其独特性非常了解，如江淹拟陶潜、谢灵运、左思、郭璞都“似”，是由于他了解各人的诗歌特点，如拟陶潜有“种苗在东皋，苗生满阡陌”句，拟谢灵运有“赤玉隐瑶溪，云锦被沙汭”句。至于严羽觉得不似的，是拟《与苏武诗三首》其一（严羽认为此诗为李陵之作，但事实上并非如此），原诗和模拟诗如下：

樽酒送征人，踟蹰在亲宴。
日暮浮云滋，握手泪如霰。
悠悠清水天，嘉鲂得所荐。
而我在万里，结发不相见。
袖中有短书，愿寄双飞燕。

《拟李都尉从军》 江淹

携手上河梁，游子暮何之。
徘徊蹊路侧，悢悢不能辞。
行人难久留，各言长相思，
安知非日月，弦望自有时。
努力崇明德，皓首之为期。

《与苏武诗三首》其一

两诗“似”或“不似”，见仁见智，严羽说“不似”，可能是江淹诗情感不如《与苏武诗三首》其一自然真挚。不过，另一批评家冯班却认为其“似”在古朴有味。

三十八

虽谢康乐拟邺中诸子之诗[①]，亦气象不类。至于刘休玄《拟行行重行行》等篇[②]，鲍明远《代君子有所思》之作，仍是其自体耳。

注释

①邺中诸子：即三曹与建安七子。这里指谢灵运的《拟魏太子邺中集诗八首》，分别模拟魏太子曹丕与建安七子的诗作。

②刘休玄：即刘铄，字休玄，南朝宋代皇孙，宋文帝第四子。

译文

即使是谢灵运去拟邺中诸子的诗歌，也不似他们的气象。至于刘铄《拟行行重行行》等诗歌，鲍照《代君子有所思》诗，仍都是他们各自的诗风。

简评

上一条提到，模拟诗的“似”是非常难的。模拟要抓住众诗人的独特性，放弃个人风格，代入另一风格中，因时代所限，或个人原因而“不似”，亦是正常现象。以下是原诗及鲍照的《代陆平原君子有所思行》：

命驾登北山，延伫望城郭。廛里一何盛，街巷纷漠漠。

甲第崇高闼，洞房结阿阁。曲池何湛湛，清川带华薄。
邃宇列绮窗，兰室接罗幕。淑貌色斯升，哀音承颜作。
人生诚行迈，容华随年落。善哉膏粱士，营生奥且博。
宴安消灵根，酖毒不可恪。无以肉食资，取笑葵与藿。

《君子有所思行》 陆机

西上登雀台，东下望云阙。层阁肃天居，驰道直如发。
绣甍结飞霞，璇题纳行月。筑山拟蓬壶，穿池类溟渤。
选色遍齐代，征声匝邛越。陈钟陪夕燕，笙歌待明发。
年貌不可还，身意会盈歇。蚁壤漏山阿，丝泪毁金骨。
器恶含满欹，物忌厚生没。智哉众多士，服理辨昭昧。

《代陆平原君子有所思行》 鲍照

三十九

和韵最害人诗[1]。古人酬唱不次韵[2]，此风始盛于元白皮陆[3]。本朝诸贤，乃以此而斗工，遂至往复有八九和者。

注释

①和韵：依韵、次韵、用韵等的合称。

②这里的次韵应是“和韵”。

③元：元稹。白：白居易。皮：皮日休。陆：陆龟蒙。

译文

和韵这个东西最损害诗歌。古人酬唱时不会次韵，这种风气开始盛行于元白、皮陆。本朝的诗人们，以和韵来争斗诗歌工拙，故导致和韵来来往往达八九次的事情出现。

简评

元稹和白居易，皮日休与陆龟蒙是两对好友，他们常以诗歌互寄对方，有时更沿用对方韵脚写诗，元白唱和甚至被称作“元和体”。元白、皮陆酬唱成为诗人佳话，后人纷纷效法，特别是宋朝诗人，相友好的诗人们经常以诗歌唱和，这似乎成为宋代诗人们交往的特定行为。如梅尧臣、欧阳修这一对好友，欧阳修写了一首有关黄河的诗，便高高兴兴地寄给梅尧臣，这首诗名为《黄河八韵寄呈圣俞》，而梅尧臣亦回赠一首《依韵和欧阳永叔黄河八韵》；欧阳修作《陪饮上林院后亭见樱桃花悉已披谢因成七言四韵》，而梅尧臣作《依韵和永叔同游上林院后亭见樱桃花悉已披谢》。如此诗歌，在宋代屡见不鲜，有时一个事件被诗人们往来唱和多次，甚至连绵数年，这多次酬唱依然是和韵的。严羽批评的原因，在于这种和韵有时会限制诗人们的真情真意，为了韵脚而勉强凑合，或沦为文字游戏，或激起斗争之心，这与诗歌“吟咏性情”之旨相违。

四十

孟郊之诗，憔悴枯槁，其气局促不伸，退之许之如此，何耶？诗道本正大，孟郊自为之艰阻耳。

译文

孟郊的诗歌，诗风憔悴枯槁，它的气格局促而不能伸展，韩愈嘉许他到这个地步，为什么呢？诗之道本来正大宽广，是孟郊自己造成他的难阻而已。

简评

孟郊与韩愈是好友，在许多诗人或批评家如苏东坡、严羽、元好问眼中，孟郊不及韩愈，但韩愈本人却非常推崇孟郊。他在《醉留东野》有“低头拜东野，愿得终始如駏蛩”之语，在《荐士》中又说“有穷者孟郊，受材实雄骜。冥观洞古今，象外逐幽好。横空盘硬语，妥帖力排奡”，他拜服的是孟郊的“横空硬语”，而这“枯硬寒”恰好是后人贬斥的部分。诗道正大，气格应开阔，而孟郊却“自为艰阻”，自己困住自己，他在《夜感自遣》中写道“夜吟晓不休，苦吟神鬼愁。如何不自闲，心与身为雠”，这“心与身为雠”是孟郊自己加于自己的，也是元好问《论诗三十首》所谓的“高天厚地一诗囚”。

四十一

孟浩然之诗，讽咏之久，有金石宫商之声。

简评

孟浩然诗平淡自然，但在自然当中却有一股清远的格调。他有很多名句，如《春晓》“夜来风雨声，花落知多少”，《北涧泛舟》“沿洄自有趣，何必五湖中”，《宿建德江》“野旷天低树，江清月近人”，《同储十二洛阳道中作》“酒酣白日暮，走马入红尘”等等，初看时有点点清风，再细细咀嚼，则越来越有味道，这便是严羽所评的“讽咏之久，有金石宫商之声”。

四十二

唐人七言律诗，当以崔颢《黄鹤楼》为第一。

简评

崔颢的《黄鹤楼》诗如下：

昔人已乘黄鹤去，此地空余黄鹤楼。
黄鹤一去不复返，白云千载空悠悠。
晴川历历汉阳树，芳草萋萋鹦鹉洲。
日暮乡关何处是，烟波江上使人愁。

《黄鹤楼》　崔颢

这首诗有一个故事，说李白登黄鹤楼，心生诗意，本欲题诗一首，而见崔颢诗已题上，诗歌极佳，因而废笔。另外，《诗源辩体》载李白拟崔颢《黄鹤楼》作《鹦鹉洲》，故严羽谓“唐人七言律诗，当以崔颢《黄鹤楼》为第一”。以下是李白《鹦鹉洲》诗，在体格和诗意上，果真与崔颢诗相仿：

鹦鹉来过吴江水，江上洲传鹦鹉名。
鹦鹉西飞陇山去，芳洲之树何青青。
烟开兰叶香风暖，岸夹桃花锦浪生。
迁客此时徒极目，长洲孤月向谁明。

《鹦鹉洲》　李白

四十三

唐人好诗，多是征戍、迁谪、行旅、离别之作，往往能感动激发人意。

简评

清朝诗人赵翼《题元遗山集》云“国家不幸诗家幸，赋到沧桑句便工”。分离总是让人心生悲痛，战争总使人情感激荡，诗歌“吟咏性情”“情动于中而发于言”，面对如此强烈的情感，诗人们不得不发而为诗。宋人普遍“尚理”，而唐人普遍“尚情”，他们对情感的反应很强烈，因此征戍、离别等主题更常进入诗歌当中，如《渭城曲》“劝君更尽一杯酒，西出阳关无故人”等，情感真挚，非常动人。

四十四

苏子卿诗[1]："幸有弦歌曲，可以喻中怀。请为游子吟，泠泠一何悲。丝竹厉清声，慷慨有余哀。长歌正激烈，中心怆以摧。欲展清商曲，念子不能归。"[2]今人观之，必以为一篇重复之甚，岂特如《兰亭》"丝竹管弦"之语耶[3]。古诗正不当以此论之也。

注释

①苏子卿：即苏武，字子卿，西汉诗人。

②《昭明文选》载本诗作者为苏武，题名为《诗四首》，现代学者普遍认为本诗作者不详，误传为苏武之作。

③此处所引《兰亭集序》句为"虽无丝竹管弦之盛，一觞一咏，亦足以畅叙幽情"。

译文

苏武诗歌："幸有弦歌曲，可以喻中怀。请为游子吟，泠泠一何悲。丝竹厉清声，慷慨有余哀。长歌正激烈，中心怆以摧。欲展清商曲，念子不能归。"现在的人看它，必定认为一篇之内重复得严重，岂不正如《兰亭集序》"丝竹管弦"的语言吗？古诗实在不应该用这种论调评论。

简评

宋代诗人讲究“诗法”,怎样的句法好,怎样的句法不好,时有论及。宋代一些批评家认为,诗歌不宜“重复”,即是一篇之中,一意不能重复使用,如《蔡宽夫诗话》认为诗歌上句与下句同出一意,如“蝉噪林逾静,鸟鸣山更幽”,即是病句,上下句同出一个人物、典故也是病句。因此,“丝竹属清声,慷慨有余哀”与“长歌正激烈,中心怆以摧”,《兰亭》“丝竹”与“管弦”,上下句意相近,宋代人看到会讥为“重复”之病,严羽在此条即反驳这种时代观念。古诗常见这种句式,是所谓的“摛词错综”之法,佳者一而两之,有回环往复之效,又异词同义,易见变化。

四十五

《十九首》:“青青河畔草，郁郁园中柳。盈盈楼上女，皎皎当窗牖。娥娥红粉妆，纤纤出素手。”一连六句，皆用叠字，今人必以为句法重复之甚。古诗正不当以此论之也。

译文

《古诗十九首》:“青青河畔草，郁郁园中柳。盈盈楼上女，皎皎当窗牖。娥娥红粉妆，纤纤出素手。”一连六句都用叠字，现在的人必定认为句法重复得严重。古诗实在不应该用这种论调评论。

简评

这首诗歌共十句，首六句连用叠字，并且句式完全一样，毫无变化，宋人认为犯了“重复”之病。不过，这首诗虽犯“宋病”，却没有累赘之感，反而清新可喜，这是什么缘故？严羽说“古诗正不当此论之”，即是说宋代的标准并不能完全套用在古诗身上。每个时代都有其语言特色，因而有不同的修辞特点。《古诗十九首·青青河畔草》是汉朝古诗，先秦至汉诗歌文采并不花哨俏丽，有一种古朴的韵味，而该时代诗歌尚沿口语，由民歌或演唱发展而来，古诗多用叠字法，如《诗经》、屈原《悲回风》、《古诗十九首·迢迢牵牛星》。在这些诗中，叠字法承担了“文采”的主要功能，除此之外，其余文字没有花巧，非常古朴，因此，诗中的叠字句并不使人感到突兀。自六朝、唐、宋以来，诗歌多是文人语，词句已经非常精美，又讲究对偶、声律，再加上叠字句，无疑是太过累赘。在这一条中，严羽提醒了一件事，即论诗要顾及时代特点，一套标准并不适用于所有诗歌。

四十六

任昉《哭范仆射诗》①，二首中凡两用“生”字韵，三用“情”字韵。“夫子值狂生”“千龄万恨生”，犹是两义。“犹我故人情”“生死一交情”“欲以遣离情”，三“情”字皆用一意。

注释

①任昉：字彦升，南朝宋、梁代人，有著作《文章缘起》。

译文

任昉《哭范仆射诗》，一首诗中两次使用“生”字韵，三次使用“情”字韵。“夫子值狂生”“千龄万恨生”，是两个不同的意义。“犹我故人情”“生死一交情”“欲以遣离情”，三个“情”字都是使用同一意义。

四十七

《天厨禁脔》谓[①]：平韵可重押[②]，若或平或仄则不可。彼但以《八仙歌》言之耳[③]，何见之陋邪？《诗话》谓[④]：东坡两“耳”韵[⑤]，两“耳”义不同，故可重押。要之亦非也。[⑥]

注释

①《天厨禁脔》：作者惠洪，北宋诗僧，这是一部论唐宋篇句、诗格之作品。

②平韵：这里当指平头。平头为诗歌“八病”之一，即上句与下句的第一、二字不能同声调。《天厨禁脔》卷下四说：“凡押两天字、两眠字、三前字，唯平头可重押。”

③《八仙歌》：这里指杜甫的《饮中八仙歌》。

④诗话：这里指宋朝《王直方诗话》。

⑤此为苏轼《送江公著知吉州诗》，有“忽忆钓台归洗耳”及“亦念人生行乐耳”两句，东坡自注“二‘耳’义不同，故得重用”。

⑥《诗人玉屑》版本，此两条为同一条，按其内容意义，两者放在一起解读为佳。

译文

《天厨禁脔》说：平头可以重押，如果是平韵或是仄韵则不可以。这不过是依《八仙歌》来说而已，是何等浅陋之见识呢？《诗话》说：苏轼两度使用“耳”字韵，两个“耳”字意义不相同，因此可以重押，这样总括也是不对的。

简评

古诗不限韵，亦无所谓重押，南朝任昉《哭范仆射诗》两用“生”字韵，三用“情”字韵，是一个普遍而可接受的现象。到了唐朝，出现了格律诗，始有古诗和格律诗之分，格律诗韵脚严明，不鼓励重押，但古诗却不以重押为病。宋代讲诗法，以“重押”为诗之忌，甚至把它套用到古诗上。杜甫《饮中八仙歌》为古诗，理应不论重押，但一些诗话如《金玉诗话》《天厨禁脔》等纷纷解释此诗重押的“理据可接受”，而苏轼《送江公著知吉州诗》也特别注明了两个“耳”字并非同一意义，这样的标注彰显了古诗或格律诗的“重押”，在宋代均已成诗之大忌。这样的规条实际上太过严苛，严羽在此也看到了宋代诗坛的矫枉过正。

四十八

刘公干《赠五官中郎将》诗①："昔我从元后，整驾至南乡。过彼丰沛都，与君共翱翔。"元后，盖指曹操也。至南乡，谓伐刘表之时。丰沛都，喻操谯郡也。王仲宣《从军诗》云："筹策运帷幄，一由我圣君。"圣君亦指曹操也。又曰："窃慕负鼎翁，愿厉朽钝姿。"是欲效伊尹负鼎干汤以伐桀也②。是时，汉帝尚存，而二子之言如此，一曰元后，一曰圣君，正与荀彧比曹操为高光同科③。或以公干平视美人为不屈④，是未为知人之论。《春秋》诛心之法⑤，二子其何逃？

注释

①刘公干：即刘桢，字公干，建安七子之一，曾随曹操军多次出征。

②伊尹：商初重臣，他出身低微，初为商汤王厨子，他背负鼎俎为汤烹食，以烹调、五味为喻，论天下大势，后被商汤任命为相。

③高光：李贽《李温陵集》载"荀彧既屡以高光、刘、项争天下事许曹操"。

④建安十六年，曹丕设宴，甄后出拜，众人都伏地而跪，唯刘桢平视甄后。

⑤诛：谴责，诛心即揭露谴责人的思想、用心。孔子作《春秋》，乃揭露谴责奸人用心，因而乱臣贼

子皆惧。

译文

刘桢《赠五官中郎将》诗："昔我从元后，整驾至南乡。过彼丰沛都，与君共翱翔。""元后"，即指曹操。"至南乡"，即是说讨伐刘表的时间。"丰沛都"，比喻曹操的领地谯郡。王粲《从军诗》说："筹策运帷幄，一由我圣君。""圣君"亦是指曹操。又说："窃慕负鼎翁，愿厉朽钝姿。"就是希望效法伊尹为商汤负鼎煮食以讨伐夏桀。这个时候，汉献帝还存在，而二人的话竟说成这样，一个说"元后"，一个说"圣君"，正跟荀彧把曹操比作高光同一水平。有人以刘桢平视甄后作为他个性不屈的依据，是不能鉴人品行之论调。《春秋》揭露谴责奸人之笔法，两人从哪里逃掉？

简评

此处严羽慨叹了某些诗人的品格。"建安七子"中的刘桢、王粲之诗闻名于世，在诗中却尊称曹操为"元后""圣君"，王粲比曹操为商汤王，荀彧也比他为高光。曹操于世，虽然权倾一时，但依然是汉献帝之臣下，这样的称号显然不合伦常纲纪。当时世人皆称刘桢平视甄后正直有风骨，严羽却指出二人行为之鄙陋，慨叹世人"未为知人之论"。

四十九

古人赠答，多相勉之词。苏子卿云："愿君崇令德，随时爱景光。"[1]李少卿云："努力崇明德，皓首以为期。"[2]刘公干云："勉哉修令德，北面自宠珍。"[3]杜子美云："君若登台辅，临危莫爱身。"[4]往往是此意。有如高达夫《赠王彻》云："吾知十年后，季子多黄金。"金多何足道，又甚于以名位期人者。此达夫偶然漏逗处也[5]。

注释

①古代诗集都载此为苏武《诗四首》，现代学者普遍认为本诗作者不详，误传为苏武之作。

②古代诗集都载此为李陵《与苏武诗三首》，现代学者普遍认为本诗作者不详，误传为李陵之作。

③此句出自刘桢《赠五官中郎将四首》其一。

④此句出自杜甫《奉送严公入朝十韵》诗。

⑤漏逗：疏忽。

译文

古人赠答诗，多互相勉励的词句。苏武说："愿君崇令德，随时爱景光。"李陵说："努力崇明德，皓首以为期。"刘桢说："勉哉修令德，北面自宠珍。"杜甫说："君若登台辅，临危莫爱身。"往往都是这种意思。高适有诗《赠王彻》说："吾知十年后，季子多黄金。"多黄金何足挂齿，这比期望人名显位高的立意更低下。这是高适偶然疏忽的地方。

简评

诗人们写赠答之诗，常在结尾予人赠言，有夸颂、劝勉、期许等方式，严羽特别推崇“劝勉”之句，如被确信为李陵、苏武之诗，也如刘桢、杜甫之诗。这种劝勉多与德行有关，像杜甫《奉送严公入朝十韵》，就劝勉严公在危急关头不要弃节保身，大有“为节舍身”的味道。而高适则期许王彻发大财，其气格比期许他人获高官厚禄还低，这里，我们可以看到诗歌要有一种崇高的精神气节，不然“诗格”便卑下。宋代胡仔《苕溪渔隐丛话前集》云“近世士人与上官词，无非谀词，未闻有规劝之语如此者”，说明宋代诗歌多有高适“季子多黄金”之语，严羽见而抨击。然而，严羽道“此达夫偶然漏逗处也”，也有点维护高适的意味。

考证

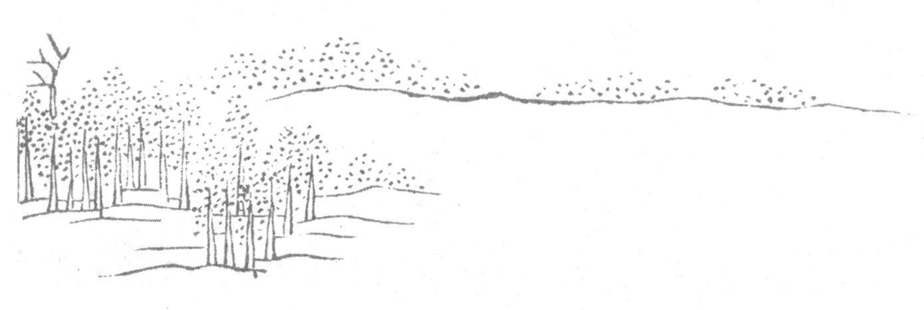

一

少陵与太白，独厚于诸公。诗中凡言太白十四处[①]，至谓“世人皆欲杀，吾意独怜才”[②]；“醉眠秋共被，携手日同行”[③]；“三夜频梦君，情亲见君意”[④]：其情好可想。《遁斋闲览》谓二人名既相逼[⑤]，不能无相忌，是以庸俗之见，而度贤哲之心也。予故不得不辩。

注释

①这里指杜甫诗集中，赠李白之诗句达十四处之多。

②杜甫《不见》诗，有注为“近无李白消息”。

③杜甫《与李十二白同寻范十隐居》诗，有注为“李白集有《寻鲁城北范居士》诗”。

④杜甫《梦李白二首》其一，有注为“李白卧庐山，永王璘反，迫致之，璘败，坐系浔阳狱，长流夜郎，久之得释”。

⑤《遁斋闲览》：作者为宋代范正敏，是一本笔记型著作，分类而列条目，如“名贤”“野逸”“诗谈”“杂评”。

译文

杜甫与李白，比其他诗人更亲厚。杜甫诗歌中涉及李白的共有十四处，如说“世人皆欲杀，吾意独怜才”“醉眠秋共被，携手日同行”“三夜频梦君，情亲见君意”，他们的感情友好可想而知。《遁斋闲览》说二人的声名地位既然十分接近，不能没有互相忌讳，这是用庸俗的见识来量度贤人哲士之心胸。所以我不能不申辩。

简评

除了文学作品、作者生平等外，文学事件也在“考证”的范围之内，如这一条所说的“李白杜甫友谊问题”。杜甫与李白这一对盛唐诗坛双璧，他们的关系是否友好，又会否文人相轻？这个问题在宋代出现了争论，其原因有二：一是某些批评家如洪刍、洪迈，由于李白称赞杜甫的诗歌较少，甚至语气戏谑，而产生疑惑；二是宋代诗坛双璧苏轼、黄庭坚互相称许，人们亦认为内含讥讽，由此而思及李杜二人。写《韵语阳秋》的葛立方也认为李杜二人当有讥讽，范正敏《遁斋闲览·杂评》甚至说“二人者，名既相逼，亦不能无相忌也”。

然而，反对这种观点的人也不少，他们是王安石、《能改斋漫录》的吴曾、《艺苑雌黄》的严有翼等，严羽亦是其中一员。称“李杜文人相逼相忌”的人，其理据大都来自两人诗中句子，如葛立方举出杜甫《春日忆李白》“何时一樽酒，重与细论文”，谓“似讥其太俊快”；举李白《戏赠杜甫》“借问因何太瘦生，只为从来作诗苦”，谓“似讥其太愁苦”，这些皆有些臆测的成分，严羽在此也举出二人诗歌，正好是以子之矛攻子之盾。

二

《古诗十九首》，非止一人之诗也。《行行重行行》，乐府以为枚乘之作[①]，则其他可知矣。

注释

①乐府：应指南朝梁代徐陵的《玉台新咏》。

译文

《古诗十九首》，不只是一人的诗歌。《行行重行行》，乐府认为是枚乘的作品，其他诗歌则可想而知了。

简评

汉末古诗不少，经过千百年的流传，当中也散失了很多。南朝梁代《昭明文选》收录了当中的十九首，编在“杂诗”中，这十九首便统称为《古诗十九首》。李善注《文选》云：“古诗盖不知作者，或云枚乘，疑不能明也，”刘勰《文心雕龙·明诗》云“古诗佳丽，或称枚叔，其《孤竹》一篇，则是傅毅之词”。这《古诗十九首》或云“枚乘之作”的说法，其原因似乎是由于《玉台新咏》有系名枚乘之诗八首，刚好是《古诗十九首》中的《青青河畔草》《西北有高楼》《涉江采芙蓉》《庭中有奇树》《迢迢牵牛星》《东城高且长》《明月何皎皎》《行行重行行》。不过，它们是不是枚乘之作，或有多少是枚乘之作，已不可考，以此类推，《古诗十九首》当并非出于一人之手。

三

《古诗十九首·行行重行行》,《玉台》作两首。自“越鸟巢南枝”以下,别为一首。当以《选》为正。

译文

《古诗十九首·行行重行行》,《玉台新咏》记载为两首。自“越鸟巢南枝”句以下,是另外一首诗歌。应当以《昭明文选》为正确。

简评

《古诗十九首》中有《行行重行行》,《昭明文选》的版本如下:

行行重行行,与君生别离。相去万余里,各在天一涯。
道路阻且长,会面安可知。胡马依北风,越鸟巢南枝。
相去日已远,衣带日已缓。浮云蔽白日,游子不顾返。
思君令人老,岁月忽已晚。弃捐勿复道,努力加餐饭。

《行行重行行》

而《玉台新咏》则把它裁为两首,“行行重行行”至“越鸟巢南枝”为一首,“相去日已远”至“努力加餐饭”为另一首。在两个版本中,严羽认为正确的是《昭明文选》,事实的确如此。

四

《文选·长歌行》，只有一首《青青园中葵》者。郭茂倩《乐府》有两篇，次一首乃《仙人骑白鹿》者。《仙人骑白鹿》之篇，予疑此词“岧岧山上亭”以下，其义不同，当又别是一首，郭茂倩不能辨也。

译文

《昭明文选》中的《长歌行》，里面只有一首《青青园中葵》。郭茂倩《乐府诗集》则有两首，另一首乃是《仙人骑白鹿》。《仙人骑白鹿》这首诗，我怀疑诗中自“岧岧山上亭”句以下，其意义不相同，应当是另一首诗，郭茂倩未能分辨这一情况。

简评

《昭明文选》与宋代郭茂倩《乐府诗集》，两诗集中都载有古辞《长歌行》。《昭明文选》有一首《长歌行·青青园中葵》，而《乐府诗集》则有两首，分别是《长歌行·青青园中葵》与《长歌行·仙人骑白鹿》。

在《乐府诗集》中，《长歌行·仙人骑白鹿》有二十二句，这首诗有疑似衍字或脱字，见郭绍虞《沧浪诗话校释》。

仙人骑白鹿，发短耳何长。导我上太华，揽芝获赤幢。来到主人门，奉药一玉箱。主人服此药，身体一（“一”字疑衍）日康强。

发白更黑（此句疑有脱字），延年寿命长。岧岧山上亭，
皎皎云间星。
远望使心思，游子恋所生。驱车出北门，遥观洛阳城。
凯风吹长棘，夭夭枝叶倾。黄鸟飞相追，咬咬弄音声。
伫立望西河，泣下沾罗缨。

《长歌行·仙人骑白鹿》

严羽的意见是，这首诗自“仙人骑白鹿”到“延年寿命长”，内容为白鹿送药，而自“岧岧山上亭”到“泣下沾罗缨”，内容为游子情怀，两者截然不同，当是两首诗歌。

五

《文选·饮马长城窟》古词，无人名，《玉台》以为蔡邕作。

简评

这里，严羽陈述了一个情况，就是古辞《饮马长城窟行》的作者问题，该诗如下：

青青河畔草，绵绵思远道。远道不可思，宿昔梦见之。
梦见在我傍，忽觉在他乡。他乡各异县，展转不可见。
枯桑知天风，海水知天寒。入门各自媚，谁肯相为言。
客从远方来，遗我双鲤鱼。呼儿烹鲤鱼，中有尺素书。
长跪读素书，书上竟何如。上有加餐食，下有长相忆。

《饮马长城窟行》

《昭明文选》载于“乐府四首”之中，名为“古辞”，李善注曰：“言古诗，不知作者姓名……长城，秦所筑，以备胡者，其下有泉窟，可以饮马，征人路出于此而伤悲矣，言天下征役军戎未止，妇人思夫，故作是行。”然在同为梁朝的《玉台新咏》中却载为蔡邕所作，究竟是“无名氏”还是“蔡邕”，现尚未有定论。

六

古词之不可读者，莫如《巾舞歌》，文义漫不可解。又古《将进酒》《芳树》《石留》《豫章行》等篇，皆使人读之茫然。又《朱鹭》《雉子班》《艾如张》《思悲翁》《上之回》等，只二三句可解。岂非岁久文字舛讹而然耶?

译文

古辞中不可卒读的篇章，莫过于《巾舞歌》，它的文义散漫不可解读。又古《将进酒》《芳树》《石留》《豫章行》等诗歌，阅读时都使人茫然。又《朱鹭》《雉子班》《艾如张》《思悲翁》《上之回》等，只有两三句可解。难道不是岁月久远、文字错乱讹误所致?

简评

这一条提及的古辞，皆见于郭茂倩《乐府诗集》。严羽在这里提到了这些古辞歌行的文义问题。如《公莫巾舞歌行》，相传《公莫巾舞歌行》是汉人歌咏项伯巾袖舞救高祖刘邦之歌，其时，刘邦赴鸿门之会，项庄舞剑欲杀，项伯则以袖舞隔之，在中国古典诗歌中，它的词义一直是未解之谜，如：吾不见公莫时吾何婴公来婴姥时吾哺声何为茂时为来婴当思吾明月之土转起吾何婴土来婴转去吾……连句读都成问题，《古今乐录》也说“巾舞古有歌辞，讹异不可解”。其他如《将进酒》“将进酒，乘大白。辨加哉，诗审博…”或《朱鹭》“朱鹭鱼以乌路訾邪，鹭何食，食茄下。不之食，不以吐，将以问诛者”，也是不可解或迷迷茫茫的。这种情况，严羽道“岂非岁久文字舛讹而然耶”，其疑问即除了远古字义不明及传抄讹误之外，或许还有其他原因。明末清初的冯班在《古今乐府论》中说：“盖乐人采诗合乐，不合宫商者增损其文，又有声无文，声词混乱，至有不可通者。”此原因或许就是古代“文字”与“口语”分离所致，这些乐府诗歌中或有记“声”——唱音、读音，好比现在用粤语或闽南语音记下乐唱歌辞，同样令很多读者费解。

七

《木兰歌》“促织何唧唧”,《文苑英华》作“唧唧何切切”[①], 又作“历历”;《乐府》作“唧唧复唧唧”, 又作“促织何唧唧”。当从《乐府》也。

注释

①《文苑英华》: 北宋太宗命李昉、徐铉等所编纂的一部大型诗文总集, 诗文作者时代上继《昭明文选》,起自南朝梁代,下至晚唐五代。又其载《木兰歌》为“唧唧何历历”, 非“唧唧何切切”。

简评

《木兰歌》首句有不同的版本,“唧唧复唧唧”“促织何唧唧”“唧唧何切切”, 严羽认为应以《乐府诗集》即前二者为是, 其理由应是出自词意理解。“唧唧复唧唧”是拟织布机反复工作之声,“促织何唧唧”是写木兰织布声唧唧,而“唧唧何切切”的“唧唧”“切切”两者都是拟声,把织布拟“唧唧”之声,又把“唧唧”拟“切切”之声,于理不通。在这里,我们也可看到时间流转的力量, 一首《木兰歌》, 在严羽所处的南宋末已有不同版本,而到了现在,《沧浪诗话》也有“切切”与《文苑英华》“历历”的不同。

八

“愿驰千里足”，郭茂倩《乐府》作“愿借明驼千里足”，《酉阳杂俎》作“愿驰千里明驼足”①。渔隐不考②，妄为之辩。

注释

①《酉阳杂俎》：唐朝段成式作，是一本分类编录的类书，记仙佛、人事以及寺庙等等。

②渔隐：即胡仔，字元任，北宋人，号苕溪渔隐，著有《苕溪渔隐丛话》，记载北宋诗坛史事，兼有批评。

译文

“愿驰千里足”句，郭茂倩《乐府诗集》是“愿借明驼千里足”，《酉阳杂俎》作“愿驰千里明驼足”。胡仔不考证，胡乱地做申辩。

简评

北宋胡仔《苕溪渔隐丛话》说：“余读古乐府《木兰篇》云‘愿驰千里足，送儿还故乡’，止此而已。”即在他所见之版本中，他认为“愿驰千里足，送儿还故乡”为正确，而严羽则以郭茂倩《乐府诗集》及段成式《酉阳杂俎》为根据，认为“愿驰千里明驼足”才是对的。其实，严羽这一条也有两点需要留意，因为郭茂倩《乐府诗集》里是这样的：

"'愿驰千里足'，段成式《酉阳杂俎》云'愿驰千里明驼足'。"

胡仔确信这句话在正文中，严羽确信这句话是小注。其次段成式《酉阳杂俎》是这样记载的：

"驼，性羞，《木兰篇》'明驼千里脚'多误作'鸣'字，驼卧腹不贴地，屈足，漏明则行千里。"

这也与严羽版本不同，由宋代至今，版本和字眼又可能因流传而不一样，因此可以说，在这一条中，胡仔未必全错，严羽未必全对。

九

《木兰歌》最古，然“朔气传金柝，寒光照铁衣”之类，已似太白，必非汉魏人诗也。

简评

《木兰歌》《木兰篇》《木兰辞》，都是指同一首诗，这首诗出自何时，出自谁手，众说纷纭。南朝陈代的僧人智匠著有《古今乐录》，书里著录了这首诗，因此可以肯定的是，《木兰歌》在陈代以前已经出现，是一首北朝乐府。不过，一首诗的时代问题，并非那么简单，它产生于某时代，并不等于现今的版本就是那个时代的版本。《木兰歌》产生于北朝，但它却在流传的过程中经过了后代文人的修改和润色。现时学术界的普遍观点是，现今版本的《木兰歌》应是北朝乐府，后经隋唐文人修改润色，当中的句子如这一条的“朔气传金柝，寒光照铁衣”（仄仄平平仄，平平仄仄平），对仗和声律、平仄高度配合，是唐代格律诗的格式，不似北朝粗犷文风，极有可能是唐代修改的。严羽说这句似李白手笔，但明代的谢榛却说不似，“似”与“不似”，则是见仁见智。

十

《木兰歌》,《文苑英华》直作韦元甫名字[1]。郭茂倩《乐府》有两篇，其后篇乃元甫所作也。

注释

①韦元甫：唐代节度使，卒于大历六年（公元771年）。

简评

宋代郭茂倩《乐府诗集》收录的《木兰歌》有两首，它们分别是：

唧唧复唧唧，木兰当户织。不闻机杼声，惟闻女叹息……

木兰抱杼嗟，借问复为谁。欲闻所戚戚，感激强其颜……

《乐府诗集》云："《古今乐录》曰：《木兰》，不知名。浙江西道观察使兼御史中丞韦元甫续附入。"即是说这首诗不知何人创作，流传在民间，唐朝的韦元甫采风而得。

宋代《文苑英华》收录的一首《木兰歌》为：

唧唧何历历，木兰当户织。不闻机杼声，惟闻女叹息……

它与《乐府诗集》的第一首基本相同，而作者署名为韦元甫，他当然不可能是作者，《文苑英华》也有在韦元甫的姓名下加了一个小注释：“郭茂倩《乐府》，不知名，韦元甫续附入。”在这一条里，严羽看到的《文苑英华》的版本，似乎没有这个小注，因此他说“《文苑英华》直作韦元甫名字”。另外，他判断“木兰抱杼嗟，借问复为谁”一首为韦元甫所作，证据也不是太多。

十一

班婕妤《怨歌行》[1],《文选》直作班姬之名,《乐府》以为颜延年作。

注释

①班婕妤：西汉成帝妃子，为班固祖姑母，婕妤是其封号。

简评

在现今各版本里,《昭明文选》与《乐府诗集》中的《怨歌行》，作者皆为班婕妤，尚不知严羽看到“颜延年作”《怨歌行》是哪一个版本。然而，班婕妤作《怨歌行》，这个说法历来也备受质疑。南朝刘勰《文心雕龙》已说它“见疑于后代”，一是证明班婕妤作《怨歌行》的史料十分零碎不足；二是这首诗太过精美，是整齐的五言诗，不似西汉之作。

新裂齐纨素，鲜洁如霜雪。
裁为合欢扇，团团似明月。
出入君怀袖，动摇微风发。
常恐秋节至，凉飙夺炎热。
弃捐箧笥中，恩情中道绝。

《怨歌行》

十二

孔明《梁父吟》:“步出齐东门，遥望荡阴里。”《乐府解题》[1]作“遥望阴阳里”。青州有阴阳里[2]。“田强古冶子”,《解题》作“田强固野子”。

注释

①唐朝刘悚有《乐府古解题》，但现今有目无辞。

②青州:古代“九州”之一,约为泰山以东至渤海一带。

简评

《梁父吟》，又名《梁甫吟》，“父”与“甫”古代音义互通。《梁甫吟》是乐府古题,相传是曾子所作。不只诸葛孔明，很多人曾用此题写诗，另外，这一首诗是否为孔明所作，也是存疑的。郭茂倩《乐府诗集》云:“梁甫,山名,在泰山下,《梁甫吟》盖言人死葬此山，亦葬歌也”，这一乐府的传统内容应以生命结束或哀葬为主。严羽所说的不同版本，现已不能断定哪一个是正确的。

步出齐城门，遥望荡阴里。里中有三墓，累累正相似。
问是谁家墓，田强古冶子。力能排南山，文能绝地纪。
一朝被谗言，二桃杀三士。谁能为此谋，国相齐晏子。

《梁父吟》

十三

南北朝人，惟张正见诗最多[1]，而最无足省发，所谓“虽多亦奚以为”[2]。

注释

①张正见：字见赜，南朝陈代诗人。

②此语出自《论语·子路》。意思是虽然多又有何用。

译文

南北朝人，唯有张正见的诗歌最多，而最无足以警醒启发，所谓“虽多亦奚以为”。

简评

张正见是南朝陈代诗人，诗名不著，但杨慎《升庵诗话》和胡应麟《诗薮》外编卷二，都称他的辞藻精致，有可取之处，至于严羽说他多而不可取的原因，则可归于“以名取人”。

十四

《西清诗话》载[①]：晁文元家所藏陶诗[②]，有《问来使》一篇，云："尔从山中来，早晚发天目。我屋南山下，今生几丛菊。蔷薇叶已抽，秋兰气当馥。归去来山中，山中酒应熟。"予谓此篇诚佳，然其体制气象，与渊明不类；得非太白逸诗，后人谩取以入陶集尔。

注释

①《西清诗话》：有两种说法，一称"无为子"撰，一称宋代蔡京之子蔡绦使其门客为之。

②晁文元：即晁迥，字明远，北宋人，官至工部尚书、太子少保，谥号文元。

译文

《西清诗话》载：晁迥家所收藏的陶渊明诗，有《问来使》一篇，云："尔从山中来，早晚发天目。我屋南山下，今生几丛菊。蔷薇叶已抽，秋兰气当馥。归去来山中，山中酒应熟。"我说这一篇固然很好，然而它的体制和气象，不似陶渊明，莫非是李白的逸诗，后人胡乱将其取入陶渊明的诗集中？

简评

《问来使》一篇是否陶潜之作，至今仍无确实证据。《西清诗话》表示晁迥家中所藏陶诗，有此一篇，也并不等于真的出自陶渊明之手。不过，从相反方面来看，《问来使》的风格不似其他陶诗高古清淡，也不代表它不是陶渊明所写，因为陶诗也有如《咏荆轲》之类的慷慨之作，这件事因为证据太少而成为悬案。严羽基于它的内容气象，而认为是李白之作，是使用逻辑推理，其实也一样欠缺实证，因而宋代汤汉《陶靖节诗注》及清代薛雪《一瓢诗话》都反驳这个观点。李白诗歌《浔阳紫极宫感秋作》有“陶令归去来，田家酒应熟”之句，有些学者怀疑《问来使》是后人取此诗意的拟作。

十五

《文苑英华》有太白《代寄翁参枢先辈》[①]七言律一首，乃晚唐之下者。又有五言律三首：其一，《送客归吴》；其二，《送友生游峡中》；其三，《送袁明甫任长江》[②]：集本皆无之。其家数在大历贞元间，亦非太白之作。又有五言《雨后望月》一首，《对雨》一首，《望夫石》一首，《冬日归旧山》一首：皆晚唐之语。又有“秦楼出佳丽”四句[③]，亦不类太白，皆是后人假名也。

注释

①这里指《代佳人寄翁参枢先辈》诗。

②又称《送袁明甫任长沙》。

③此句出自《日出东南隅行》。

译文

《文苑英华》有李白《代寄翁参枢先辈》七言律诗一首，乃是晚唐诗的下等作品。又有五言律诗三首：其一，《送客归吴》；其二，《送友生游峡中》；其三，《送袁明甫任长江》，诗集都没有这几篇。这几篇的家数在大历、贞元间，亦不是太白的作品。又有五言诗《雨后望月》一首，《对雨》一首，《望夫石》一首，《冬日归旧山》一首，都是晚唐的语言。又有“秦楼出佳丽”四句诗，亦不似李白，都是后人托名假作。

简评

在这里，严羽举出系名李白的九首诗，并认为它们并非李白的作品，他所用的方法与上一条一样，都是逻辑推理考证，以九首诗歌的风格对比李白诗歌的风格，而得出结果，这九首诗有孤清、巧辞的特色，的确不似盛唐风气。

它们到底是否为李白之作？《代佳人寄翁参枢先辈》一首，其“先辈”语属晚唐习俗，“翁参枢”疑为天祐元年之翁承赞，因此极有可能不是李白之作。《日出东南隅行》一首，郭茂倩《乐府诗集》以为殷谋诗。两首都不载于《全唐诗》“李白补遗”内。至于其他七首，除了《送友生游峡中》见于张籍的集子外，基本上并无有力证据称它们不是，因此亦只能系名李白，《全唐诗》与现代的《李白集》皆收入补遗之内。这九首诗歌如下 ：

等闲经夏复经寒，梦里惊嗟岂暂安？
南国风光当世少，西陵江浪过江难。
周旋小字挑灯读，重叠遥山隔雾看。
直是为君餐不得，书来莫说更加餐。

《代佳人寄翁参枢先辈》

江村秋雨歇，酒尽一帆飞。路历波涛去。家惟坐卧归。
岛花开灼灼，汀柳细依依。别后无余事，还应扫钓矶。

《送客归吴》

风静杨柳垂，看花又别离。几年同在此，今日各驱驰。
峡里闻猿叫，山头见月时。殷勤一杯酒，珍重岁寒姿。

《送友生游峡中》

别离杨柳青，樽酒表丹诚。古道携琴去，深山见峡迎。

暖风花绕树，秋雨草沿城。此去长江内，无因夜犬惊。

《送袁明府任长江》

四郊阴霭散，开户半蟾生。万里舒霜合，一条江练横。
出时山眼白，高后海心明。为惜如团扇，长吟到五更。

《雨后望月》

卷帘聊举目，露湿草绵绵。古岫披云毳，空庭织碎烟。
水纹愁不起，风线重难牵。尽日扶犁叟，往来江树前。

《对雨》

髣髴古容仪，含愁带曙辉。露如今日泪，苔似昔年衣。
有恨同湘女，无言类楚妃。寂然芳霭内，犹若待夫归。

《望夫石》

未浣染尘缨，归来芳草平。一条藤径绿，万点雪峰晴。
地冷叶先尽，谷寒云不行。嫩篁侵舍密，古树倒江横。
白犬离村吠，苍苔上壁生。穿厨孤雉过，临屋旧猿鸣。
木落禽巢在，篱疏兽路成。拂床苍鼠走，倒箧素鱼惊。
洗砚修良策，敲松拟素贞。此时重一去，去合到三清。

《冬日归旧山》

秦楼出佳丽，正值朝日光。陌头能驻马，花处复添香。

《日出东南隅行》

十六

《文苑英华》有《送史司马赴崔相公幕》一首，云："峥嵘丞相府，清切凤皇池。羡尔瑶台鹤，高栖琼树枝。归飞晴日好，吟弄惠风吹。正有乘轩乐，初当学舞时。珍禽在罗网，微命若游丝。愿托周周羽，相衔汉水湄。"此或太白之逸诗也。不然，亦是盛唐人之作。

译文

《文苑英华》有《送史司马赴崔相公幕》一首，云："峥嵘丞相府，清切凤皇池。羡尔瑶台鹤，高栖琼树枝。归飞晴日好，吟弄惠风吹。正有乘轩乐，初当学舞时。珍禽在罗网，微命若游丝。愿托周周羽，相衔汉水湄。"这或许是李白的逸诗。不是如此，也应该是盛唐诗人的作品。

简评

此诗亦载岑参集子中，一说是无名氏之诗。

据注家王琦的意见，此诗是李白在浔阳狱中之作。崔相公为崔涣。瞿蜕园、朱金城《李白集校注》，引用李白其他诗歌，结合"珍禽在罗网，微命若游丝。愿托周周羽，相衔汉水湄"分析，认为时间、地点皆吻合，而语意亦相关，因此有很大可能是李白的作品。

《全唐诗》亦载此诗，诗题多了"赋得鹤"三字。

十七

《太白集》中《少年行》，只有数句类太白，其他皆浅近浮俗，决非太白所作，必误入也。

译文

《太白集》中的《少年行》，只有数句似李白，其他都浅近浮俗，一定不是李白所作，必定是误入。

简评

除了严羽外，也有一些批评家如元朝萧士赟、清朝赵翼认为《少年行》可能非李白之作，或其中有窜入之句，《全唐诗》亦有小注“此诗严粲云是伪作”，但到目前为止，这都没有确切证据，因此学界一般仍把它归入李白的作品中。此诗如下：

君不见淮南少年游侠客，白日毬猎夜拥掷，
呼卢百万终不惜，报雠千里如咫尺。
少年游侠好经过，浑身装束皆绮罗。
兰蕙相随喧妓女，风光去处满笙歌。
骄矜自言不可有，侠士堂中养来久。
好鞍好马乞与人，十千五千旋沽酒。
赤心用尽为知己，黄金不惜栽桃李。
桃李栽来几度春，一回花落一回新。
府县尽为门下客，王侯皆是平交人。

男儿百年且乐命，何须徇书受贫病。
男儿百年且荣身，何须徇节甘风尘。
衣冠半是征战士，穷儒浪作林泉民。
遮莫枝根长百丈，不如当代多还往。
遮莫姻亲连帝城，不如当身自簪缨。
看取富贵眼前者，何用悠悠身后名。

《少年行》　李白

十八

“酒渴爱江清”一诗[①]，《文苑英华》作“畅当”[②]，而黄伯思注《杜集》编作少陵诗[③]，非也。[④]

“迎旦东风骑蹇驴”绝句，决非盛唐人气象，只似白乐天言语。今世俗图画以为少陵诗，渔隐亦辩其非矣；而黄伯思编入《杜集》，非也。

注释

①此诗为《军中醉歌寄沈八刘叟》。

②畅当：唐朝诗人，大历七年进士第，贞元初为太常博士。

③黄伯思：字长睿，北宋晚期人，编集杜诗共有一千四百四十七首。

④此条是郭绍虞先生据《诗人玉屑》版本补出来的，本书所据的版本没有此条。

译文

“酒渴爱江清”一诗，《文苑英华》作者为“畅当”，而黄伯思注《杜集》编为杜甫诗，这是不对的。

“迎旦东风骑蹇驴”，绝不是盛唐人的诗歌气象，只似白乐天的言语。现时坊间画卷认为是杜甫诗，胡仔亦辩证它不是，而黄伯思将其编入《杜集》，这是不对的。

简评

《军中醉歌寄沈八刘叟》是杜甫还是畅当之作，仍未有定论。不过，此诗系名杜甫已久，在北宋初期，已在杜集补遗或拾遗之中，黄伯思也是沿袭这一情况而已，诗人们也普遍视它为杜甫之诗，如黄庭坚曾以老杜“酒渴爱江清”为韵写诗。到目前为止，一般也都收入杜甫诗集之中。

至“迎旦东风骑蹇驴”一首，既无诗题，胡仔《苕溪渔隐丛话》载宋代有杜甫画像，上面题有这首诗，胡仔云：“子美决不肯自作，兼集中亦无之，必好事者为之也。”两诗如下：

酒渴爱江清，余酣漱晚汀。
软莎欹坐稳，冷石醉眠醒。
野膳随行帐，华音发从伶。
数杯君不见，都已遣沈冥。

《军中醉歌寄沈八刘叟》

迎旦东风骑蹇驴，旋呵冻手暖髯须。
洛阳无限丹青手，还有工夫画我无。

十九

少陵有《避地》逸诗一首云:“避地岁时晚,窜身筋骨劳。诗书遂墙壁,奴仆且旌旄。行在仅闻信,此生随所遭。神尧旧天下,会见出腥臊。”题下公自注云:“至德二载丁酉作”①,此则真少陵语也。今书市集本,并不见有。

注释

①各本“二”均作“三”,误,今从《诗人玉屑》版本,“三”作“二”。

译文

杜甫有《避地》逸诗一首云:“避地岁时晚,窜身筋骨劳。诗书遂墙壁,奴仆且旌旄。行在仅闻信,此生随所遭。神尧旧天下,会见出腥臊。”诗题之下杜甫自注说:“至德二载丁酉作”,此则是“真少陵语”。现时书市上的诗集,并不见有。

简评

这首诗,各家均以为是杜甫之作,当时战乱,玄宗在蜀,杜甫避走凤翔。

二十

旧蜀本杜诗，并无注释，虽编年而不分古近二体，其间略有公自注而已。今豫章库本，以为翻镇江蜀本，虽无杂注[①]，又分古律，其编年亦且不同。近宝庆间，南海漕台开《杜集》，亦以为蜀本，虽删去假坡之注，亦有王原叔以下九家[②]，而赵注比他本最详，皆非旧蜀本也。

注释

①《诗人玉屑》版本中，“分”字作“无”字，按严羽所说的镇江蜀本，其为无注而分体，因此，这里应理解作“虽无杂注”。

②这里的“九家”指宋代九位杜诗注者，按郭知达《九家集注序》，他们分别是王安石、宋祁、黄庭坚、王洙、薛苍舒、杜田、鲍彪、师尹、赵彦材，原叔是王洙的字。不过，这并不一定正确，王洙注杜与否，仍未可知。

译文

旧蜀本杜诗，并没有注释，虽有编年但并不分古诗、近体诗二体，其间略有杜甫自注而已。现在的豫章库本，说是翻印自镇江蜀本，虽没有杂注，又分古诗、近体诗，它的编年亦不同。最近宝庆年间，南海漕台开《杜集》，亦说是蜀本，虽删除了假冒东坡名号的注释，也有王洙等九家注释，而且赵注还比其他版本详尽，但都不是旧蜀本。

简评

宋代已有活字印刷术，书籍刻印甚多，宋版书版型、字体和印刷之精，为后人津津乐道，元明等有翻刻宋版，收藏家也每每以拥有宋版书为傲。宋代江西诗派以杜甫为“一祖三宗”之“祖”，诗人每每学习杜甫，因此杜甫诗集刻印非常多，版本和注者也多，甚至有“千家注杜”之说。每一版本《杜集》，都有些不同，譬如杜甫诗歌的数目、体例（即编年、分类方法等）、注（有注、无注或谁注）等等。这一条所说的“旧蜀本”“镇江蜀本”“南海漕台开《杜集》”等，都是不同的版本，其中以时代最久远的“旧蜀本”为最佳。因为版本太多造成混乱，有时，书商为了牟利，会声称自己的书是翻刻“旧蜀本”，因此在这一条中，严羽便辩证这些书都不是旧蜀本。

二十一

《杜集》注中“坡曰”者，皆是托名假伪[①]。渔隐虽尝辩之，而人尚疑者，盖无至当之说，以指其伪也。今举一端，将不辩而自明矣。如“楚岫八峰翠”[②]，注云：“景差《兰亭春望》：千峰楚岫碧，万木郢城阴。”且五言始于李陵、苏武，或云枚乘。汉以前五言古诗尚未有之，宁有战国时已有五言律句耶？观此可以一笑而悟矣。虽然，亦幸而有此漏逗也。

注释

①这里指宋代郑昂假借苏轼之名，作《杜诗故事》（或称《老杜事实》等）一书。书商不识，信以为真，把“假东坡注”放入《杜集》中，刻印出售。

②另一版本“八”作“千”，应是。本诗出自韦迢《早发湘潭寄杜员外院长》，韦迢与杜甫友善，本篇疑是酬杜之作。

译文

《杜集》注中的“坡曰”注释，都是假托他的名号伪作的。胡仔虽然曾经申辩过，但还有人怀疑，乃因无最妥当的说辞，用以指出它的假伪。现在举出一部分，将不辩而自明。如“楚岫八峰翠”，注说：“景差《兰亭春望》：千峰楚岫碧，万木郢城阴。”五言诗起源于李陵、苏武，或说是枚乘。汉朝以前还没有五言古诗，难道战国时已经有五言律句？看到这里可以一笑而领悟啊。虽然如此，亦可幸有这种疏忽。

简评

在古代，出于种种原因，一些作者会伪造已失传的典籍，或假借知名人士的名号写书，这些文献都称作伪书。《杜诗故事》即其中一部，它假借苏轼之名，书商甚至信以为真，把它放入《杜诗》中印刷出版。例如严羽所举之例，“楚岫千峰翠”这一句诗之下就有小注释“苏曰景差《兰亭春望》……”，“苏曰”即“苏轼说”，这个情况便出现于《补注杜诗》与《分门集注杜工部诗》等集子中。不过伪书不代表没有价值，有些书籍虽然是后人所撰或假借他人姓名，但内容十分专业和有见地，如《古文尚书》和《孔子家语》，都反映了当时儒家学者的流行观点。在这一条的例子中，这一“假坡注”却似乎价值不大。本条诗如下：

北风昨夜雨，江上早来凉。楚岫千峰翠，湘潭一叶黄。
故人湖外客，白首尚为郎。相忆无南雁，何时有报章。

《早发湘潭寄杜员外院长》 韦迢

二十二

《杜注》中"师曰"者[1]，亦"坡曰"之类。但其间半伪半真，尤为殽乱惑人。此深可叹，然具眼者自默识之耳。

注释

①这里指的应是蜀人师古之注，其注有疑误造事之嫌。

译文

《杜注》中"师曰"注释，也是"坡曰"之类，但是其间半真半假，特别错乱误惑读者。这种情况深表可叹，然而具有眼力的人自然是能识别出来的。

简评

古代为诗作注、写诗歌记事或笔记散文，可能会出现疑误或增补情况，这有时是作者有意为之，但有时却是他们误信流言。一件事情流传久了，错置及以讹传讹便多，一不小心误信，写入书中，又成为讹传的其中一环。譬如坊间流传秦观之妻为苏轼之妹苏小妹，其实并非真相，而到底有没有苏小妹其人，也是一个疑团，因此古书要慎选、慎读。

二十三

崔颢《渭城少年行》,《百家选》作两首[1],自“秦川”已下别为一首。郭茂倩《乐府》止作一首,《文苑英华》亦止作一首,当从《乐府》《英华》为是矣。

注释

①这里指王安石编纂的《唐百家诗选》,后数条中“王荆公《百家诗选》”与之亦同。

译文

崔颢的《渭城少年行》诗,《唐百家诗选》记作两首,自“秦川”句以下是另外一首。郭茂倩《乐府诗集》只作一首,《文苑英华》也只作一首,当跟随《乐府诗集》《文苑英华》的意见才是正确的。

简评

严羽说法正确。《渭城少年行》当是一首,后各唐诗集也作一首。本诗如下:

洛阳三月梨花飞,秦地行人春忆归。
扬鞭走马城南陌,朝逢驿使秦川客。
驿使前日发章台,传道长安春早来。
棠梨宫中燕初至,葡萄馆里花正开。
念此使人归更早,三月便达长安道。

长安道上春可怜，摇风荡日曲江边。
万户楼台临渭水，五陵花柳满秦川。
秦川寒食盛繁华，游子春来喜见家。
斗鸡下社尘初合，走马章台日半斜。
章台帝城称贵里，青楼日晚歌钟起。
贵里豪家白马骄，五陵年少不相饶。
双双挟弹来金市，两两鸣鞭上渭桥。
渭城桥头酒新熟，金鞍白马谁家宿。
可怜锦瑟筝琵琶，玉壶清酒就君家。
小妇春来不解羞，娇歌一曲杨柳花。

《渭城少年行》　崔颢

二十四

玉川子“天下薄夫苦耽酒”之诗[①]，荆公《百家诗选》止作一篇，本集自“天上白日悠悠悬”以下[②]，别为一首，当从荆公为是。

注释

①玉川子：即卢仝，自号玉川子。本句出自卢仝《叹昨日》。

②本集：即卢仝《玉川子诗集》。

译文

卢仝的“天下薄夫苦耽酒”一诗，在王安石《唐百家诗选》中只作一篇，他的诗集自“天上白日悠悠悬”句以下，是另外一首，应当跟从荆公的选本才对。

简评

在卢仝《玉川子诗集》与《全唐诗》中，《叹昨日》共有三首，“天下薄夫苦耽酒”为第二首，“天上白日悠悠悬”以下是第三首。在王安石《唐百家诗选》中，只有一首，是将第二和第三首合起来作一首。严羽说王安石的版本正确，未知理据何在。现时较流行的是三首的版本，本诗如下：

昨日之日不可追，今日之日须臾期。
如此如此复如此，壮心死尽生鬓丝。

秋风落叶客肠断，不办斗酒开愁眉。
贤名圣行甚辛苦，周公孔子徒自欺。

天下薄夫苦耽酒，玉川先生也耽酒。
薄夫有钱恣张乐，先生无钱养恬漠。
有钱无钱俱可怜，百年骤过如流川。
平生心事消散尽，天上白日悠悠悬。

上帝板板主何物，日车劫劫西向没。
自古贤圣无奈何，道行不得皆白骨。
白骨土化鬼入泉，生人莫负平生年。
何时出得禁酒国，满瓮酿酒曝背眠。

《叹昨日》　卢仝

二十五

太白诗："斗酒渭城边，垆头耐醉眠。"乃岑参之诗，误入。[①]太白《塞上曲》"骝马新跨紫玉鞍"者，乃王昌龄之诗，亦误入。昌龄本有二篇，前篇乃"秦时明月汉时关"也。

注释

①《诗人玉屑》版本，此别为一条。

译文

李白诗："斗酒渭城边，垆头耐醉眠"，乃是岑参之诗，是误入。李白《塞上曲》"骝马新跨紫玉鞍"，乃是王昌龄之诗，亦是误入。王昌龄本有二首，前一首是"秦时明月汉时关"。

简评

"斗酒渭城边，垆头耐醉眠"一诗，有两个说法，一是李白《送别》，二是岑参《送杨子》，两诗的版本也只差几个字，如下：

斗酒渭城边，垆头醉不眠（耐醉眠）。
梨花千树雪，杨叶万条烟。
惜别倾壶醑（添壶酒），临分（岐）赠马鞭。
看君颍上去，新月到应（家）圆。

究竟是李白还是岑参的作品，还没有一个确切的答案。它常常出现在历代李白和岑参的诗选中，甚至在同一本集子如《石仓历代诗选》《全唐诗》中，在李白条下有《送别》，在岑参条下有《送杨子》，但奇怪的是岑参的《岑嘉州诗》集中却没有此诗。

“骝马新跨紫玉鞍”一句，有两个小问题。首先，它在各本中都为“白玉鞍”；其次，在李白的集子中，它的诗题为《军行》，并非《塞上曲》。这首诗如“斗酒渭城边”一样，系于两个作者的名下，一是李白《军行》，二是王昌龄《出塞》，内容也基本一致：

骝马新跨白玉鞍，战罢沙场月色寒。
城头铁鼓声犹震，匣里金刀血未干。

基本上，现时普遍认为它是王昌龄的作品。

二十六

孟浩然有《赠孟郊》一首[1]。按东野乃贞元、元和间人，而浩然终于开元二十八年，时代悬远，其诗亦不似浩然，必误入。

注释

①这里应指孟浩然《示孟郊》一诗。

译文

孟浩然有《赠孟郊》一首，考察孟郊乃是唐贞元、元和年间人，而孟浩然故于唐开元二十八年，时代悬远，这首诗也不似孟浩然语言，必是误入。

简评

孟浩然为盛唐诗人，其生卒年为公元689至740年，孟郊为中唐诗人，生卒年为公元751至814年，两人不在同一时代，前者根本不可能结识后者，因此孟浩然《示孟郊》一诗肯定不是孟浩然写给中唐孟郊的。严羽怀疑其误入，很有理据。另一种看法是，孟浩然诗中的“孟郊”，可能是另一个人，恰好与后来的孟郊同名同姓。本诗如下：

蔓草蔽极野，兰芝结孤根。众音何其繁，伯牙独不喧。
当时高深意，举世无能分。钟期一见知，山水千秋闻。
尔其保静节，薄俗徒云云。

《示孟郊》　孟浩然

二十七

杜诗："五云高太甲，六月旷抟扶。"[①]太甲之义殆不可晓，得非高太乙耶[②]？乙与甲盖亦相近，以星对风，亦从其类也。至于"杳杳东山携汉妓"[③]，亦无义理，疑是"携妓去"。盖子美每于绝句，喜对偶耳[④]。臆度如此，更俟宏识。

注释

①本句出自杜甫《大历三年春白帝城放船出瞿塘峡久居夔府将适江陵漂泊有诗凡四十韵》。

②太乙：术数的一种。

③本句出自杜甫《戏作寄上汉中王二首》。

④"杳杳东山携汉妓"下一句为"泠泠修竹待王归"，因此严羽说杜甫喜对偶。

译文

杜甫诗："五云高太甲，六月旷抟扶。""太甲"的意义几乎不能知晓，莫非是"高太乙"？乙与甲亦相近，以星对风，亦从属同一词类。至于"杳杳东山携汉妓"，亦无义理，怀疑是"携妓去"，乃因杜甫每每在绝句中喜爱对偶，臆测是这样，更待见识宏远之士判断。

简评

杜甫"五云高太甲"句，严羽以为难于解读，甚至臆想为“太乙”。其实,此“太甲”出自王勃《益州夫子庙碑》:“华盖西临,藏五云于太甲。”据明代胡震亨《唐音癸签》,“太甲”为古代黄帝以五云作华盖，华盖柱子旁的六星称六甲，文人笔下尊称为“太甲”，这个典故显然较为生僻。至于“杳杳东山携汉妓”，严羽也认为难于理解，不过，此情况在诗歌中并不少见，有时为了平仄，为了诗意，诗人往往使用特别的语言，甚至“不可解”的语言。另一方面，由于语言的歧义，诗人觉得“可解”之句，读者或许认为“不可解”，这就是诗歌语言与日常语言之不同。

二十八

王荆公《百家诗选》，盖本于唐人《英灵》《间气集》[①]。其初明皇、德宗、薛稷、刘希夷、韦述之诗[②]，无少增损，次序亦同。孟浩然止增其数。储光羲后[③]，方是荆公自去取。前卷读之尽佳，非其选择之精，盖盛唐人诗无不可观者。至于大历已后，其去取深不满人意。况唐人如沈、宋、王、杨、卢、骆、陈拾遗、张燕公[④]、张曲江、贾至[⑤]、王维、独孤及[⑥]、韦应物、孙逖[⑦]、祖咏[⑧]、刘昚虚、綦毋潜[⑨]、刘长卿、李长吉诸公，皆大名家——李杜韩柳以家有其集，故不载——而此集无之。荆公当时所选，当据宋次道之所有耳[⑩]。其序乃言“观唐诗者观此足矣”，岂不诬哉！今人但以荆公所选，敛衽而莫敢议[⑪]，可叹也。

注释

①《英灵》：殷璠《河岳英灵集》。《间气集》：高仲武《中兴间气集》。两者都是唐人编的唐诗选集。

②明皇：李隆基。德宗：李适。薛稷：字嗣通，初唐诗人。刘希夷：一名庭芝，初唐诗人。韦述：盛唐诗人。

③储光羲：盛唐诗人。

④张燕公：即张说，封燕国公，盛唐诗人。

⑤贾至：字幼邻，盛唐至大历诗人。

⑥独孤及：字至之，盛唐至大历诗人。

⑦孙逖：盛唐诗人。

⑧祖咏：盛唐诗人，与王维友善。

⑨綦毋潜：字孝通，盛唐诗人。

⑩宋次道：即宋敏求，字次道，北宋初人，曾预修《新唐书》，与王安石友善，家中富有藏书。

⑪敛衽：整理衣襟，表示敬重。

译文

王安石《唐百家诗选》，乃是本于唐人的《河岳英灵集》《中兴间气集》。它开首之唐明皇、唐德宗、薛稷、刘希夷、韦述诗歌，没有欠缺、增加或减少，次序亦相同。孟浩然只增加诗的数量。储光羲之后，才是王安石亲手删除选取，阅读时前卷尽是佳作，不是他选择得好，乃因盛唐人诗歌没有不可观的。至于大历以后，他的删除选取让人深为不满，何况唐人如沈、宋、王、杨、卢、骆、陈子昂、张说、张九龄、贾至、王维、独孤及、韦应物、孙逖、祖咏、刘昚虚、綦毋潜、刘长卿、李贺等诗人，皆是大名家——李、杜、韩、柳因为有诗集，所以不载——但这些诗集都没有。王安石当时所选之诗，当是根据宋敏求家藏诗集，诗集序说“观看唐诗的人读这本书便足够了”，岂不是言语不实！现今的人只因是王安石所选，便过于敬重而不敢提出异议，可叹啊。

简评

王安石编纂的《唐百家诗选》，历来受人批评，原因在于王安石乃北宋诗坛名家，诗歌雅致，富有见识，但所选之诗的质量却让人不满，一是遗漏许多著名诗人，二是所选之诗往往不是诗人的杰作。北宋与南宋的某些诗话中，已论及《唐百家诗选》的选诗问题，严羽《沧浪诗话》再申此论，证明此书的选诗是颇让人失望的。为什么《唐百家诗选》会如此？也有两个说法。一是此书是王安石按宋敏求家中藏书所编的，宋敏求家中书量尤丰，名家与小家兼之，许多唐名家，坊间已有诗集，因此他们以挑选不常见的诗人和诗歌为出发点，而非单选脍炙人口的名家名篇。第二个说法是王安石挑选佳作，以签标出，抄书者嫌长篇字多，另抄短篇或索性不抄，王安石不疑有诈，所以造成这个结果。可是真相究竟如何，已是中国古典文学的一个不解之谜。

另外补充一点，严羽提到《唐百家诗选》本于《河岳英灵集》与《中兴间气集》，“明皇、德宗、薛稷、刘希夷、韦述之诗，无少增损，次序亦同”，但现时的《英灵》《间气集》两集，并无这些人的诗，不知严羽看到的是哪一版本。

二十九

荆公有一家但取一二首，而不可读者。如曹唐二首[①]，其一首云："年少风流好丈夫，大家望拜汉金吾。闲眠晓日听啼鴂，笑倚春风仗辘轳。深院吹笙从汉婢，静街调马任夷奴。牡丹花下钩帘畔，独倚红肌捋虎须。"[②]此不足以书屏障，可以与闾巷小人文背之词。又《买剑》一首云："青天露拔云霓泣，黑地潜惊鬼魅愁。"但可与师巫念诵也。

注释

①曹唐：字尧宾，中唐至晚唐诗人。

②此诗为《暮春戏赠吴端公》。

译文

王安石有一位诗人只取一二首诗，但其诗却有不堪阅读的情况。例如曹唐的两首诗歌，其一首云："年少风流好丈夫，大家望拜汉金吾。闲眠晓日听啼鴂，笑倚春风仗辘轳。深院吹笙从汉婢，静街调马任夷奴。牡丹花下钩帘畔，独倚红肌捋虎须。"这是不足以写于屏障之上，只可以跟街头巷尾的小人做粗俗交谈的词。又《买剑》一首云："青天露拔云霓泣，黑地潜惊鬼魅愁。"仅可供巫师念诵。

简评

承接上条严羽论王安石选诗让人不满，在此他举出了曹唐的例子，《暮春戏赠吴端公》一诗，格调的确不高，《买剑》也并不使人满意。

三十

予尝见《方子通墓志》[①]："唐诗有八百家，子通所藏有五百家。"今则世不见有，惜哉！

注释

①方子通：即方惟深，字子通，著有《方秘校集》，很受王安石赏识，称其诗精谐警绝。

译文

我曾经见过《方子通墓志》："唐诗有八百家，方惟深所藏有五百家。"现今则不见有，真是可惜啊！

简评

古代书籍流传及保存，并没有今天发达，很多诗歌没有编成诗集，很快便散失，又或者编成诗集，但流传不广，就算在当时流传很广，但经历时间淘汰、战争、水火等等，也可能佚失。唐诗人众多，在北宋时还留下不少诗歌，到南宋严羽时期，又已大量散佚，现在留下的唐诗，恐怕是当时的冰山一角。

另外，程俱《北山小集》中有《莆阳方子通墓志铭》，但无"唐诗有八百家，子通所藏有五百家"句。

三十一

柳子厚“渔翁夜傍西岩宿”之诗[1]，东坡删去后二句,使子厚复生,亦必心服。谢朓“洞庭张乐地，潇湘帝子游。云去苍梧野,水还江汉流。停骖我怅望，辍棹子夷犹。广平听方籍，茂陵将见求。心事俱已矣，江上徒离忧。”[2]子谓“广平听方籍，茂陵将见求”一联删去[3]，只用八句，方为浑然。不知识者以为何如。

注释

①此句出自柳宗元《渔翁》诗。

②此诗为谢朓《新亭渚别范零陵云》诗。

③其他版本中，“子”作“予”。

译文

柳宗元“渔翁夜傍西岩宿”诗，苏轼删去最后两句，纵使柳宗元复生，也必定会心悦诚服。谢朓“洞庭张乐地，潇湘帝子游。云去苍梧野，水还江汉流。停骖我怅望，辍棹子夷犹。广平听方籍，茂陵将见求。心事俱已矣，江上徒离忧。”我说将“广平听方籍，茂陵将见求”一联删去，只用八句，特别浑然天成。不知道有识之士认为怎样？

简评

柳宗元诗如下：

渔翁夜傍西岩宿，晓汲清湘燃楚竹。
烟销日出不见人，欸乃一声山水绿。
回看天际下中流，岩上无心云相逐。

《渔翁》 柳宗元

苏轼评此诗，云“以奇趣为宗，反常合道为趣”。他认为“此诗有奇趣，然其尾两句，虽不必亦可”。这首诗的前四句，写渔翁夜宿西岩，在河边燃楚竹，然后夜尽日出，“欸乃一声山水绿”，全是写景，但在景中，有着一种说不出的“味道”，这很符合严羽主张的“兴趣”“言有尽而意无穷”。他删谢朓《新亭渚别范零陵云》诗，也是以此为准则，这涉及他们的诗歌口味问题。也有些诗人和批评家如李东阳、毛先舒，则认为如此删改不妥。

附录

答出继叔临安吴景仙书[①]

仆之《诗辨》[②]，乃断千百年公案[③]，诚惊世绝俗之谈，至当归一之论。其间说江西诗病[④]，真取心肝刽子手[⑤]。以禅喻诗，莫此亲切。是自家实证实悟者，是自家闭门凿破此片田地，即非傍人篱壁、拾人涕唾得来者。李杜复生，不易吾言矣。而吾叔靳靳疑之[⑥]，况他人乎？所见难合固如此，深可叹也！

注释

①吴景仙：即吴陵，字景仙，南宋诗人，为严羽的表叔，著有《诗说》，今不传。严羽把《诗辨》等呈送吴陵观看，吴陵提出了若干批评和意见，此篇文章是严羽为回复和反驳其说而作。

②这里的《诗辨》有不同说法，有的学者认为是整本《沧浪诗话》，有的却认为是《诗辨》和《诗体》两章。

③公案：官府案件。也指禅宗前辈祖先那些可堪思考、体会的言行案例。

④江西诗病：即《沧浪诗话》内文所说的“以文字为诗，以才学为诗，以议论为诗”“多务使事，不问兴致”“用字必有来历，押韵必有出处”“以骂詈为诗”等等。

⑤心肝刽子手：比喻命中事物的要害。

⑥靳：奚落、嘲笑。

译文

我的《诗辨》，了断了一桩千百年的公案，确是惊世绝俗的言谈，至为妥当、万法归一的言论。在这里面说到江西诗派的弊端，真是直取人心肝的刽子手。以禅喻诗，没有东西如它清楚贴切，这是我自己的实证实悟，是我自己关起门来凿破“诗歌”这片田地，并不是依傍他人门户、拾人牙慧得来的。纵使李白、杜甫死而复生，我也不改变言论，然而表叔却奚落怀疑它，何况其他人呢？双方观点难于一致竟至如此，深为可叹啊。

吾叔谓：说禅非文人儒者之言。本意但欲说得诗透彻，初无意于为文，其合文人儒者之言与否，不问也。

高意又使回护，毋直致褒贬。仆意谓：辨白是非、定其宗旨，正当明目张胆而言，使其词说沉着痛快，深切著明，显然易见；所谓不直则道不见，虽得罪于世之君子，不辞也。吾叔《诗说》，其文虽胜，然只是说诗之源流，世变之高下耳。虽取盛唐，而无的然使人知所趋向处。其间异户同门之说[①]，乃一篇之要领。然晚唐本朝，谓其如此，可也；谓唐初以来至大历之异户同门，已不可矣；至于汉、魏、晋、宋、齐、梁之诗，其品第相去，高下悬绝，乃混而称之，谓锱铢而较，实有不同处，大率异户而同门，岂其然乎？

注释

①这里指吴陵《诗说》中讨论诗歌“异户同门”的部分。但《诗说》今不传，因此不知其内容为何。

译文

表叔说：“说禅不是文人儒士的言论。”我的本意只是希望把诗说得清楚透彻，起初并无意于做文章，当中是否合于文人儒士的言论，不去过问。

表叔的高见是让我说诗时迂回护让一点，不要直接断定褒贬。我的意见是，辨别是非黑白、判断诗歌正宗要旨，正是应当明目张胆地谈论，让当中的言辞深沉而痛快，深切而明了，显著而易见；正所谓不直切便看不见大道，虽然会得罪世间的君子，也在所不辞。表叔你的《诗说》，文章虽然优秀，然而只是论说诗的源流，诗歌的高下世变而已。虽然力取盛唐诗歌，然而没有明确地让人知悉它趋近指向之处。其中“异户同门”的论说，乃是全篇的要领。不过晚唐和本朝，这样论述是可以的；论述唐初以来至大历诗歌的“异户同门”，已不可以了；至于汉、魏、晋、宋、齐、梁的诗歌，它们的品次水平相去甚远，高下悬绝，却混为一谈，所谓锱铢需要分明，实在有不同之处，一律“异户而同门”，哪里会有这种情况呢？

又谓：韩、柳不得为盛唐，犹未落晚唐[①]。以其时则可矣，韩退之固当别论；若柳子厚五言古诗，尚在韦苏州之上[②]，岂元、白同时诸公所可望耶？高见如此，毋怪来书有甚不喜分诸体制之说[3]，吾叔诚于此未了然也。作诗正须辨尽诸家体制，然后不为旁门所惑。今人作诗，差入门户者，正以体制莫辨也。世之技艺，犹各有家数；市缣帛者，必分道地，然后知优劣，况文章乎？仆于作诗，不敢自负，至识则自谓有一日之长，于古今体制，若辨苍素，甚者望而知之。来书又谓：忽被人捉破发问，何以答之？仆正欲人发问而不可得者。不遇盘根，安别利器？吾叔试以数十篇诗，隐其姓名，举以相试，为能别得体制否？惟辨之未精，故所作或杂而不纯。今观盛集中，尚有一二本朝立作处，毋乃坐是而然耶[4]？

注释

①韩愈和柳宗元，时间上为中唐诗人，但严羽认为柳宗元诗风可入盛唐。

②苏轼《评韩柳诗》云“柳子厚诗在陶渊明下，韦苏州上”，严羽亦持此观点。

③这里的“来书”当是吴陵看到《诗辨》等而写给严羽的书信。

④坐是：因此。

译文

又说：“韩愈、柳宗元不可以列入盛唐，但也未落入晚唐。”以其身处时代来说则可以，韩愈固然应该另当别论，至于柳宗元的五言古诗，尚且在韦应物之上，岂是元稹、白居易等同时代的诗人们所能企及的？高见是这样，难怪表叔的来书里有甚为不喜欢“分诸体制”

的言辞，在此问题上表叔诚然并未清楚明了呢。作诗正需要辨尽各家体制，然后才不会被旁门左道迷惑。现在的人作诗，走错门户的，正因为不辨体制啊。世间的技艺，各有它的师承；购买绢布的人，必会分辨其产地，然后才知道孰优孰劣，何况文章呢？我对于作诗，不敢自负，至于识诗方面则自认为有过人之处，对于古今体制，宛如明辨黑白，更甚者一望而知悉其体制。你的书信又说："忽然被人抓出破绽提问，如何回答他？"我正是希望他人提问但却没有人这样做，不遇到错节盘根，怎能分辨器具的锐利？表叔尝试以数十篇诗歌，隐藏其作者姓名，举出来试试，能否分别它们的体制呢？只因未精于辨别家数体制，故此所作之诗就会有杂质而不纯正。今观看表叔诗集，还有一两处有本朝写诗习气，莫非是因此而这样？

又谓：盛唐之诗，雄深雅健。仆谓此四字，但可评文，于诗则用"健"字不得。不若《诗辨》雄浑悲壮之语，为得诗之体也。毫厘之差，不可不辨。坡、谷诸公之诗，如米元章之字[①]，虽笔力劲健，终有子路事夫子时气象[②]。盛唐诸公之诗，如颜鲁公书[③]，既笔力雄壮，又气象浑厚，其不同如此。只此一字，便见吾叔脚根未点地处也[④]。

注释

①米元章：即米芾，字元章，北宋书画家，个性怪异，有"米颠"之称。

②此典故出自《论语·先进》“闵子侍侧，訚訚如也；子路，行行如也；冉有子贡，侃侃如也。子乐。‘若由也，不得其死然’”，意思是子路非常刚强，但刚强易折，孔子担忧他会有不好的结果。

③颜鲁公：即颜真卿，字清臣，唐朝书法家，官至吏部尚书，太子太师，封鲁郡公，人称“颜鲁公”。

④脚根未点地：禅家语，载于《五灯会元》，比喻还未能完全领悟。

译文

又说：“盛唐的诗歌，雄深雅健。”我认为这四字，只可以评论文章，在诗歌上则不能用“健”字。不如《诗辨》中“雄浑悲壮”之语，把握到诗体特性。微小的差别，不可以不辨识。苏轼、黄庭坚等人的诗歌，如同米芾的书法，虽然笔力劲健，最终还有子路侍奉孔子时的气象。盛唐等诗人的诗歌，犹如颜真卿的书法，既笔力雄壮，又气象浑厚，两者的不同之处就在这里。只此一字，便看到表叔的脚根未点地之处了。

所论屈原《离骚》，则深得之，实前辈之所未发；此一段文亦甚佳。大概论武帝以前皆好，无可议者；但李陵之诗，非虏中感故人还汉而作[①]，恐未深考。故东坡亦惑江汉之语[②]，疑非少卿之诗，而不考其胡中也[③]。

注释

①这里指李陵与苏武相继流落匈奴，两人结为好友，相传两人唱和，写下著名的《苏李诗》。

②苏轼《答刘沔都曹书》："李陵、苏武赠别长安而诗有江汉之语，及陵与武书，词句儇浅，正齐、梁间小儿所拟作，决非西汉文。"《东坡志林》："刘子玄辨《文选》所载李陵与苏武书，非西汉文，盖齐、梁间文士拟作者也，吾因悟陵与苏武赠答五言，亦后人所拟。"

③胡才甫《沧浪诗话笺注》说此句疑有夺字，故不译。

译文

文中讨论屈原《离骚》，则是深入参得，这实在是前辈所未能发现的；这一段文章亦非常好。大抵论汉武帝以前诗歌皆好，无可异议；只是你说李陵的诗歌不是身处胡地感叹故人回汉而作，恐怕没有做过深入考究。以前苏轼也疑惑"江汉之语"，怀疑并非李陵的诗歌。

妙喜是径山名僧宗杲也[①]自谓参禅精子[②]，仆亦自谓参诗精子。尝谒李友山论古今人诗[③]，见仆辨析毫芒，每相激赏，因谓之曰："吾论诗，若那吒太子析骨还父，析肉还母[④]。"友山深以为然。当时临川相会匆匆，所惜多顺情放过，盖倾盖执手，无暇引惹，恐未能卒竟其辨也。鄙见若此，若不以为然，却愿有以相复。幸甚！

注释

①宗杲：字昙晦，南宋僧人，以雄辩闻名。曾居径山能仁寺。后孝宗召对，赐号大慧，亲书“妙喜庵”三字赐之。

②参禅精子：精于参禅的人。

③李友山：即李贾，字友山，南宋诗人，与严羽友好。

④析骨还父，析肉还母：比喻其分析独到深入，可分筋错骨。

译文

妙喜（就是径山的名僧宗杲），自称“参禅精子”，我也自称“参诗精子”。我曾拜见李贾讨论古今人的诗歌，他看到我辨别分析微细，往往激赏。我对他说道：“我论诗，如那吒太子析骨还父，析肉还母。”李贾深表认可。当时我们在临川匆匆相会，可惜多是顺势放手而过，倾吐执手，没有时间详谈，恐怕最终不能完成讨论啊。我的鄙见如此，如果你认为不是这样，但愿有书信回复。幸甚！